父さんが帰らない町で

キース・グレイ 作
野沢佳織 訳
金子恵 絵

未来のクララへ

もくじ

父さんが帰らない町で

1．カーニバル

〈トム・ピーコック団長《だんちょう》の、びっくりカ*ーニバル〉がぼくたちの町にやってきたのは、一九二二年の夏の、いちばん暑い日のことだった。その年の夏は、くる日もくる日も、悪魔《あくま》のフライパンで焼《や》かれてるんじゃないかと思うほど暑かったけど、その日はとりわけ暑かった。

ぼくも兄さんのジョーも、フライパンの上のソーセージみたいに、じりじり焼《や》かれた肌《はだ》がプチッとやぶけてしまいそうだったので、川へ泳ぎにいった。

ミッチャムじいさんの農場の裏《うら》をゆった

り流れる川は、深くて、水がひんやりしている。切り立った川岸には、高い木がたくさんはえていて、そのむこうに農場が広がっている。どの木も葉っぱをわんさかしげらせて、日かげをつくっていた。ザリガニ釣《つ》りをするにはいい場所だ。ここだとすいすい釣《つ》れるんだ、とジョーはいう。きっと、ザリガニも日かげが好《す》きなんだろう。

だけど、その日は暑すぎて釣《つ》りをする気にもならなかったから、ぼくたちは午前中ずっと、川の中で泳いだり、口げんかしたりしていた。

ジョーは、退屈《たいくつ》で死にそうだ、と何度もいっていたけど、昼をすぎたころ、川の中でとつぜんぱっと立ちあがった。川ぞいの道を〈びっくりカーニバル〉が、車を何台もつらねてやってきたのだ。ジョーは大声をあげた。

カーニバル　ここではアメリカの移動《いどう》遊園地のこと。遊園地にあるような乗りもののほか、食べものの屋台、運だめしや腕《うで》だめしのゲーム、ナイフ投げや手品のような見せもの、動物を使った見せものなどがあり、祭りやサーカスの要素《ようそ》もあった。

「見ろよ、ウェイド！　ほら、あれ！」

トラックがつぎからつぎへ、土けむりをまきあげて走ってくる。むかう先は、ミッチャム農場の広いあき地だ。

もうもうと舞《ま》う土けむりをすかして、トラックの荷台を見ると、色とりどりの電球がたくさんついた電線が積《つ》んであった。あの電球に明かりがともったら、どんなにきれいだろう。あざやかな色のテントも、たたんでのせてある。それから、いろんな乗りもののパーツもある。くるくるまわったり、ブーンと風を切って飛《と》んだりする乗りものだ。

そんなトラックの列を見ていると、わくわくしてきた。カーニバルがはじまったら、陽気な音楽が流れ、きっとおおぜいの人が遊びにきて、笑《わら》い声《ごえ》があふれる。ここ、テキサス州東部のちっぽけな町、ランズデールでは、めったに見られない光景《こうけい》だ。

ぼくもジョーも、川の中につっ立ったまま、ぽかんと口をあけて、つぎつぎにとおりすぎるトラックに見とれていた。

そのうち、ジョーがようやくわれにかえったように、いった。

「ようし、やっと誕生日《たんじょうび》らしくなってきたぞ」

その日は、ジョーの十五回めの誕生日《たんじょうび》だったのだ。

「観覧車《かんらんしゃ》に、ゆうれい列車に、スイング・ライド*……」ジョーが指を折《お》りながら、あげていく。あとへ行くほどジョーの好《す》きなアトラクションで、いちばん気に入ってるのを最後《さいご》にいうつもりだ。

ぼくは思わず口をはさんだ。

「〈恐怖《きょうふ》の館《やかた》〉もね。あれはぜったいに見なきゃ」

ジョーは顔をしかめてぼくを見た。

「何いってんだよ、ウェイド。あんなの、ちっともおもしろくないだろ？」

スイング・ライド　遊園地にある乗りもののひとつ。まん中の柱がまわるとともに、柱につるされたいすが空中を大きくまわる。

「まえに見たときはおもしろかったよ。おぼえてないの？　すごくこわかったのに。どこかの山奥《やまおく》でつかまえたオオカミ男とか、海でつかまえた人魚とか。ドラゴンの赤《あか》ん坊《ぼう》まであったよ。ほんとに忘《わす》れちゃった？」

ジョーはあきれたように目をぐるりとまわしてみせた。このごろジョーは、やたらとこのしぐさをするようになった。

「どれも本物じゃない。いんちきだ。ドラゴンの赤《あか》ん坊《ぼう》？　あんなの、ワニをつかまえて、はく製《せい》にして、鶏《とり》の手羽先に色をぬったやつを背中《せなか》にくっつけたに決まってる。だれだって知ってるさ、ドラゴンなんかいないって。オオカミ男や人魚もな。知らないのは、ちびのガキだけだ」ジョーはぼくを見て、ばかにしたように笑《わら》った。

ジョーのいうことなんて気にするもんか。ぼくには、どれも本物に見えたんだから。

オオカミ男は指先がかぎづめになっていて、歯をむきだし、うなってるみたいだった。あんなに恐《おそ》ろしいものを見たのは、生まれてはじめてだった。人魚は腰《こし》から上に何もつけてなくて、海藻《かいそう》みたいな長い髪《かみ》が胸《むね》をおおっていた。あの人魚は、そのあと何度か夢《ゆめ》にも出てきた。

ぼくはジョーにきいてみた。

「母さんは、カーニバルに行ってもいいっていうかな？」

ジョーは顔をくもらせた。だめといわれるかもしれない、と思ったようだ。でも、心配をふりきるようにいった。

「いいっていうさ。なんでそんなこときくんだよ？　おれの誕生日《たんじょうび》なんだぞ。行かせてくれるに決まってるだろ」ジョーはわざと水をはねちらかした。怒《おこ》ってるみたいだ。

ぼくはいった。

「だけど、お金がかかるよ。母さんはもう、新しい靴《くつ》をジョーにくれたんだし」

本当のことをいうと、ジョーが新しい靴《くつ》をもらったのが、うらやましくてたまらなかった。

「買ってくれたわけじゃない。父さんのお古だ」ジョーはそういいながらも、日に焼《や》けたほおをもっと赤くして、やせた胸《むね》を得意《とくい》そうにそらした。

ジョーにとって、父さんの靴《くつ》をもらうのは、どんな大金をもらうよりうれしいに決まってる。

それは、日曜日に教会へ行くときにはく、よそゆきの靴《くつ》で、ふだん歩きまわるのには、むいていなかった。それでも、ジョーは今日、どうしてもそれをはくんだといった。足がむれてよけい暑《あつ》くなっただろうけど、川に着くまで、ひとことも文句《もんく》をいわなかった。

あの靴《くつ》が、いつかぼくのものになったらいいなと思う。ジョーの足が大きくなってあわなくなったら、もらえるかな。

ぼくはまだ、ちゃんとした靴《くつ》をはいたことがない。母さんが古タイヤを切ってつくってくれたサンダルしか持っていない。

このあたりでは、自分だけのちゃんとした靴《くつ》をはくようになれば、一人前ってことになっている。ぼくだってもう一人前だと自分では思ってるけど、ジョーが長男だから、父さんのお古の靴《くつ》を最初《さいしょ》にもらうことになった。ジョーがあの靴《くつ》をはきつぶしてしまわないといいんだけど……。

とくべつなときにだけはいたら？　と、ぼくはいってみた。そうすれば、まあまあきれいなままで、ぼくがもらえるかもしれない。

ぼくだけのために新品の靴《くつ》を買ってもらうなんて、かないっこない夢《ゆめ》だってことは、わかっていた。

ジョーがもらった靴《くつ》は今、農場とは反対の岸の草むらに、ぼくたちの服といっしょに置《お》いてあって、ぜんぜんぬれていない。

ぼくたちは川の水に腰《こし》までつかって立ったまま、カーニバルのトラックを一台、二台……と、十二台まで数えた。ふつうの乗用車も何台かあった。トラックと乗用車が長い列をつくって、でこぼこ道を進んでいく。

しんがりはピエロが乗ったオートバイで、エンジンがガタガタ、ポンポンと音を立てている。ピエロは白と緑と青のたてじまのズボンに、平べったくて先の長い靴《くつ》をはいている。ピエロの大きな鼻は、トマトみたいに赤くて丸い。オートバイはガタガタゆれながら走っていて、乗っているピエロのすがたが、土けむりにまぎれて見えなくなったり、また見えたりしている。

そのとき、だれかの笑《わら》い声《ごえ》がした。

はじめは、ぼくの頭の中で聞こえただけかと思った。カーニバルを楽しみにしすぎて、そんな気がしただけかも、って。ぼくにはめずらしいことじゃない。母さんから「空想屋さん」と呼《よ》ばれているけど、そのとおりだ。空想をふくらませすぎて、現実《げんじつ》と区別《くべつ》がつかなくなってしまう。

でも、そのとき聞こえた笑《わら》い声《ごえ》は、現実《げんじつ》のものだった。しかも、楽しい笑《わら》い声《ごえ》じゃなくて、胸《むね》につきささるような、いやな笑《わら》い声《ごえ》だった。だれの声かわかると、いっそ夢《ゆめ》ならよかったのに、と思った。ジョーも、声の主《ぬし》のふたりを見たとたん、くそっ、とつぶやいた。

ひとりはケイレブ・カブで、ジョーの同級生。ランズデールでいちばんいやなやつだ。そのケイレブが、川岸の少しはなれたところに、仲間《なかま》のサニー・コリンズといっしょに立っていた。サニーは、ランズデールで二番めにいやなやつ。ふたりはならんで……。

うわっ。ぼくはぎょっとして、口をあけたまま動けなくなった。

ジョーがまた、くそっ、といった。

ケイレブとサニーは、川に小便《しょうべん》をしていた。本当だ！　ペニスを手に持ち、前かがみに立っている。黄色っぽい小便《しょうべん》が大きく弓なりに、川の中に落ちてくる。

ぼくもジョーも気づくのにたっぷり二秒かかったけど――ケイレブたちは川上《かわかみ》に、ぼくたちは川下《かわしも》にいる！

ぼくたちはあわてて、水をけちらし、岸にむかった。

2. けんか

ケイレブとサニーは、腹《はら》がよじれそうなほど笑《わら》っている。

ぼくとジョーはずぶぬれで川岸に立っていた。足もとにたまっているのが、川の水だけでありますように。

もう、こんなところにいたくない。

ぼくはジョーにいった。

「行こうよ。早く帰ろう」

ところが、ジョーは動かない。

「今は、おれのほうがあいつらより年上だし、こわくなんかない」

でも、ぼくは見てしまった。ジョーが

勇《いさ》ましいことをいいながら、左腕《ひだりうで》をさするのを。まるで、去年ケイレブにふんづけられたところが、まだ痛《いた》むみたいに。

あのとき、ジョーの腕《うで》は枯《か》れ枝《えだ》みたいにボキッと折《お》れて、そのあとひじのあたりが変《へん》なふうにまがり、まともに動かなくなっていた。今でもジョーは、そっちの腕《うで》であまり重いものを持ちあげられない。

ケイレブとサニーが川岸の枯《か》れた草をふんでこっちへやってくるのを、ジョーはじっと見ている。身動きひとつしない。ケイレブを憎《にく》む気持ちが、びんにとじこめられたハチみたいに、胸《むね》にくすぶっているんだ。ブーンという低《ひく》い音さえ、聞こえてきそうな気がした。

「けんかなんかやめなよ。せっかくの誕生日《たんじょうび》に」ぼくはいった。

ジョーを置《お》いて逃《に》げることもできる。そうすれば、ケイレブとサニーがどんなめんどうを起こそうと、かかわらないでいられる。だけど、ぼくも動かなかった。ジョーは、ぼくがいなくても平気だったかもしれない。三つも年上なんだから。

でも、ぼくはそのまま動かずに、ケイレブとサニーが近づいてくるのを見ていた。ケイレブは、ネコも悲鳴をあげて逃《に》げだしそうなほど、ぶさいくだ。鼻とあごのあたりの肌《はだ》が、落花生《らっかせい》の殻《から》みたいにでこぼこしている。

だけど、お父さんがお金持ちだから、いつもいい服を着てる。今日のシャツはブルーのギンガムチェックで、銀貨《ぎんか》みたいにぴかぴかのボタンが、日ざしを受けて光ってる。あのシャツはたぶん新品だ。まっさらの新品。だれかのおさがりなんかじゃない。

ケイレブはぼくたちから一、二歩はなれたところで止まった。もしかして、こわがってる？　近づきすぎたら川につき落とされるかもしれない、そしたら上等のシャツがずぶぬれだ、って？

サニーは、あまりいいかっこうはしていない。というか、かかしの服でもぬすんで着てきたみたいに見える。赤茶色のやたらと多い髪《かみ》は、べとべと油ぎってい て、頭の上でベーコンエッグが焼《や》けそうだ。サニーがこわいものは、きっと石けんだけだろう。

サニーはぼくたちの顔を見てげらげら笑《わら》いながら、ケイレブについてきた。

ケイレブはまぶしそうに片手《かたて》を目の上にかざしてぼくたちを見ると、いった。

「おい、川のこっち岸で何してる？　まえにもいったよな。こっちがわは、おれのおやじの土地だって」

ジョーは大げさにあたりを見まわし、肩《かた》をすくめた。

「うそいえ。ここの持ち主はミッチャムじいさんだろ」

「今はまだそうかもしれないが、時間の問題だ。ミッチャムじいさんはもう長くないって話だ。じいさんが墓《はか》に入ったら、ここはぜんぶおれのおやじのものになる。一ミリのこらずな」ケイレブはぼくたちに一歩近づいた。「だから、まえにもいったとおり、おまえらに勝手に入られちゃ、こまる」

ケイレブのお父さんの農場は、この郡《ぐん》*でいちばん大きくて、ビーツ*畑とトウモロコシ畑が何エーカー*も広がっている。ここ何年かのあいだに、となりの農場をふたつ買いとって東へ土地を広げ、こんどはミッチャムじいさんの土地も飲みこもうとしているらしい。

ケイレブのお父さんは体が大きくて、ねこ背《ぜ》で、あまりしゃべらない。あまり笑《わら》いもしない。二日酔《ふつかよ》いのハイイログマかっていうくらい、いつもふきげんそうに見える。自分の農場で働《はたら》いてる人間が何かぬすんだりしたら、シーツにくるんで縫《ぬ》いとじ、川にほうりこんでしまう、なんてうわさも聞いた。そのお父さんもケイレブも、小石みたいな小さい灰色《はいいろ》の目をしてる。

「おまえら、泳いであっちがわにもどったほうがいいぞ。悪いことはいわねえ。早くもどれ、な？」サニーがいって、むこう岸の木のあたりを指さした。

サニーとケイレブがいつもつるんでいるのは、おたがい、ほかにだれもつるむ相手がいないからだ。ふたりは友だちなんかじゃない。ケイレブは、いばってこき使える相手がほしいだけ。サニーは、ケイレブがときどき持ってくるものがほしいだけだ。どこかからぬすんできた女の人のいやらしい写真とか、ニューヨークとかシカゴのような都会でしか売ってない高級なクッキーとか。

サニーには、兄さんが四人、姉さんが四人いて、町はずれのぼろ家に住んでいる。ぼくとジョーが母さんから近づいちゃだめといわれてる、鉄道の乗りかえ駅の近くだ。

町のうわさによると、サニーが生まれたとき、サニーのお父さんは刑務所《けいむしょ》に入っていた。しかも、その一年以上《いじょう》もまえから入っていたらしい。だとしたら、サニーの本当の父親じゃないってことだ。

だからあんなにひどくサニーをぶつのかな。ときどき、サニーはふらふらになって歩いてることがある。お父さんにベルトのバックルで打たれるからだ。

でも今、そのお父さんはまた刑務所《けいむしょ》に入っているから、サニーはほっとしてる

郡《ぐん》　アメリカの、州の下の行政区分。いくつかの市や町からなる。
ビーツ　赤紫《あかむらさきいろ》色の根菜《こんさい》。サラダやスープに入れることが多い。
エーカー　面積《めんせき》の単位《たんい》。一エーカーは約《やく》四〇〇〇平方メートル。

んじゃないかと思う。今回は、駅にとまっている列車から、積荷《つみに》の石炭を何袋《なんふくろ》もぬすんで、つかまったのだ。

ジョーは背《せ》すじをのばした。身長はケイレブより低《ひく》いが、肩《かた》をいからせている。

「ミッチャムじいさんは、うちの父さんと仲《なか》がいいから、いつでも好《す》きなときにおいでって、いってくれてるんだ。おまえたちのほうこそ、ここから消えたほうがいいんじゃないか」

サニーはかまわず川岸に腰《こし》をおろすと、よごれた足を、ゆっくり流れる川の水につけて、ケイレブを見あげ、にやっと笑《わら》った。

「……だってよ。ジョーのおやじさんには、つかまりたくねえよな。だろ？　そいつはごめんだ」

「ほんとだぜ、ジョー。ちかってごめんだ」ケイレブもいう。「おれもサニーもな。おまえのおやじさんが、今、この瞬間《しゅんかん》にあらわれたら、ずらかるさ。けど、それはありえないだろ？」

そして、ふたりはゲラゲラ笑《わら》った。まるで、シチメンチョウの飼育場《しいくじょう》をおそうオオカミみたいだ。

ぼくはひどく傷《きず》つき、だまっていた。だけどジョーは、ふたりの毒《どく》のある笑《わら》い声《ごえ》にがまんできず、ケイレブに飛《と》びかかった。

止めようとしたけど、まにあわなかった。ケイレブも、よけるのがおくれた。

ジョーがケイレブをつきとばし、パンチを食らわせ、めちゃくちゃになぐると、ケイレブも反撃《はんげき》した。ジョーを押《お》しかえし、つきとばし、なぐりまくる。

サニーがあわてて立ちあがった。ぼくは関係《かんけい》ないっていうふりもできたけど、ジョーがふたりを相手に戦《たたか》えるわけがない。左のひじが変《へん》なふうにまがっていて、腕《うで》に力が入らないのだ。

ぼくは大声をあげ、こぶしをふりまわしてサニーにむかっていった。

でも、まるで虫けらみたいにはたかれて、顔面から川に落っこちた。

そして、まだ川底《かわぞこ》に足がつかず、水から顔も出せないでいるうちに、バシャン！ と、ジョーがとなりに落ちてきた。

ケイレブとサニーにさんざん笑《わら》われたことが、なぐられたのと同じくらい、ぼくたちにはこたえていた。

ジョーは、すごくきたない言葉でふたりをののしった。母さんが聞いたら、ショックでふるえて、髪《かみ》がちりちりになってしまったかもしれない。ジョーがそんな言葉を知ってるなんて、思ってもいないだろうから。

「いいか、おやじの土地に入るんじゃないぞ」ケイレブが、笑《わら》うのをやめて、どなった。そして、肩《かた》ごしに親指であき地のほうをさすと、いった。「カーニバルが来てるの、見たか？ いっとくけど、あそこもおやじの土地だからな」

ぼくはこわくなった。ジョーがまだけんかをつづける気じゃないかと思ったのだ。そのとき、サニーが石を投げてきて、ぼくたちはあやうくまともに食らいそうになった。ケイレブも石や泥《どろ》のかたまりを投げてくる。

ぼくたちは水の中をよろけながら、必死《ひっし》で農場とは反対の岸まで逃《に》げもどった。

ジョーは岸にあがるとすぐ、ふたりにどなった。

「ぜったい、カーニバルに行くからな」

ケイレブもどなりかえす。

「来てみろ。つかまえて、このまえよりひどい目にあわせてやる。いいか？　今度は両腕《りょううで》を折《お》ってやる」

ジョーは、誕生日《たんじょうび》にもらったばかりの靴《くつ》を、草の中からひろいあげた。

「本気でおれを止めたいなら、両腕《りょううで》と両足と首を折《お》ってみろ」

「ああ、やってやる。見てろよ」ケイレブがさけんだ。

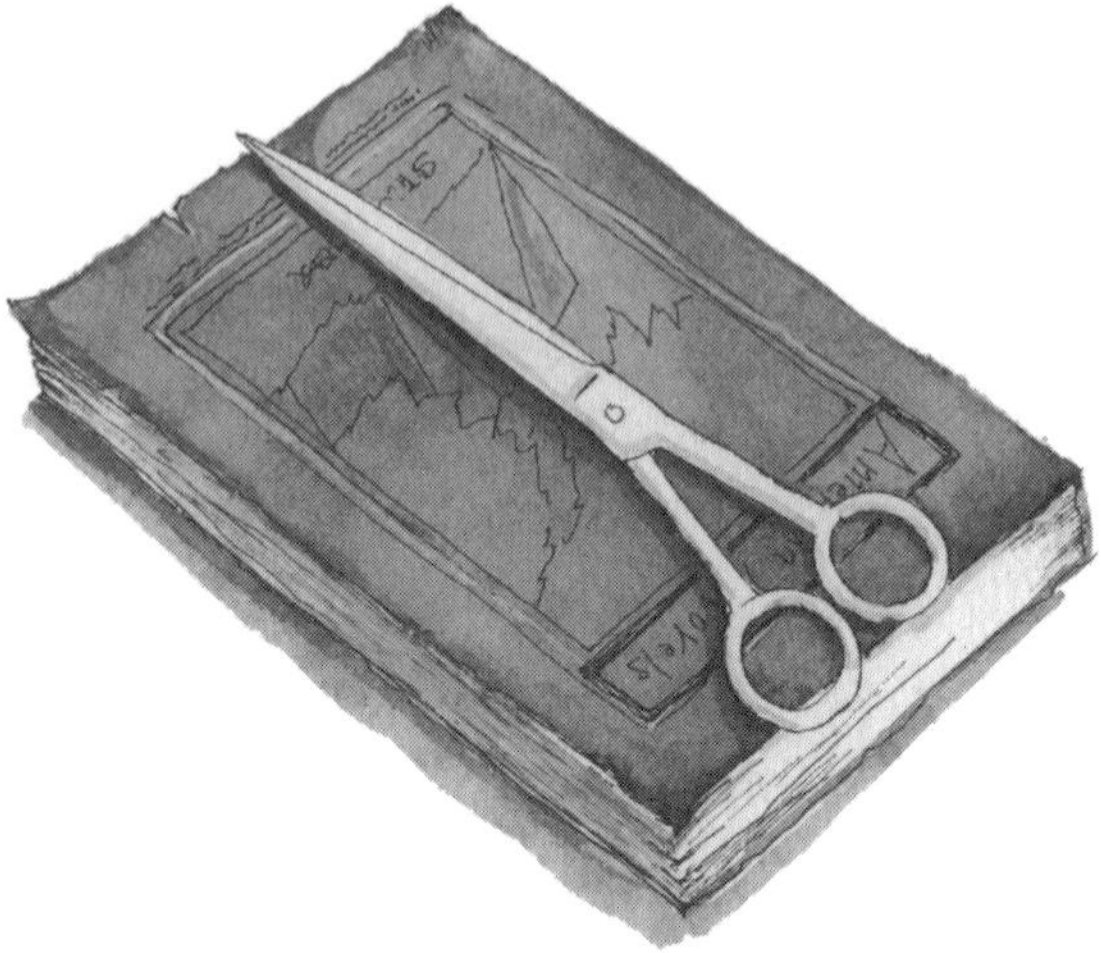

3．約束《やくそく》と、おどし

ぼくたちは、午後の太陽の下を、うちにむかった。すごく暑い。背中《せなか》をじりじりと焼《や》く日ざしが、重たく感じられるほどだ。

ジョーは話をしたくないみたいだった。父さんのお古の靴《くつ》――自分のものになったばかりの靴《くつ》をはき、足をひきずるようにして歩いている。うつむいて、髪《かみ》が両目にかぶさっている。

ぼくは、「暗やみ歩き、する？」と、きいてみた。まえにジョーとよくやっていた、両目をしっかりとじて、うちまで歩く、という遊びだ。だけど、ジョーはますますふきげんになった。

「本気かよ、ウェイド。あんなの、ちっちゃなガキの遊びだろ。冬にかぜをひくより、かんたんじゃないか」ジョーはそういって、まえに折《お》った左ひじを、今も痛《いた》むみたいにさすった。

ぼくたちのうちは、ウッド通りにあるガンサーさんの理髪店《りはつてん》の二階だ。部屋はふたつ。ガンサーさん自身は、クーパー通りの別《べつ》の家にひとりでくらしている。母さんはよく、「ガンサーさんには、本当に親切にしてもらってるわ」という。以前《いぜん》は父さんが、ガンサーさんの店で働《はたら》いていた。ぼくは、大きないすに腰《こし》かけて父さんに髪《かみ》を切ってもらったのを、おぼえている。耳のそばの髪《かみ》を切るとき、はさみの音がチョッ、チョッ、チョッと聞こえたことも。

父さんはときどき、ぼくの髪《かみ》にヘアトニックをふりかけてくれた。そんなとき、ぼくはわざといやそうな顔をして、「馬ふんのシチューみたいなにおい」だとか、「ガラガラヘビのおふろみたいなにおい」だとかいって、父さんといっしょに笑《わら》った。

ジョーはガンサーさんのことをきらってるみたいだけど、ぼくはけっこう好《す》きだ。ガンサーさんの頭は、からをむいたゆで卵《たまご》よりもつるつるだ。理髪店《りはつてん》の主人がそんな頭をしてると、かなりおかしい。

今はガンサーさんがぼくの髪《かみ》を切ってくれるけど、父さんとちがって、ヘアトニックをふりかけてくれることはめったにない。だけど、店に行くと、本を読ませてくれる。店には、順番《じゅんばん》を待ってるお客が読めるよう、安い小説本《しょうせつぼん》がたくさん置《お》いてある。それをぼくにも読ませてくれるのだ。お客がぜんぜん来ない、ひまな日には、ガンサーさんとふたり、ならんだ大きないすに腰《こし》かけて、ガンマン*のゆうれいの話や、勇敢《ゆうかん》な探検家《たんけんか》の話を読んだ。

でも、ガンサーさんが何より好《す》きなのはおしゃべりで、ガンサーさんが話してくれることはたいてい、本当におもしろかった。

町の男たちはほとんど全員、この店に髪《かみ》を切りにくる。その人たちについて、ガンサーさんはとびきりのうわさ話を聞かせてくれるのだ。お上品な人なら耳をふさぐような、おもしろい話を。

だけどジョーは、ガンサーさんのうわさ話なんて退屈《たいくつ》でしょうがない、という。せまい町に住んでる、心のせまい人たちの、つまらない話だ、って。

ガンサーさんの話が出ると、ジョーは決まっていう。

「おれの名前はジョーゼフ・ハーパー・ジュニアだ。一生、変《か》えないからな」

二年まえの冬、ジョーがケイレブと学校の外でけんかになったのは、ケイレブがジョーのことを「ジョーゼフ・ガ、ン、サー・ジュニア」と呼《よ》んだからだ。まるで、ガンサーさんがぼくたちの新しい父親だとでもいうみたいに。

ジョーは怒《おこ》って、ケイレブに、今いったことを取り消せ、といった。だけどケイレブは、いやだね、といった。それで、なぐりあいになり、ジョーが腕《うで》を骨折《こっせつ》

ガンマン　銃《じゅう》の名手。とくに、アメリカの西部開拓《かいたく》時代（十九世紀《せいき》後半から二十世紀《せいき》はじめ）に活躍《かつやく》した保安官《ほあんかん》、カウボーイ、流れ者たちで、小説《しょうせつ》などにしばしばヒーローとして登場した。

するはめになったのだ。

そのとき、母さんには、けがの本当の理由を話さなかった。ジョーは、木から落ちたと母さんにいい、ぼくにもひみつを守るとちかわせた。

だけど、ぼくはひみつってやつが好《す》きじゃない。それに、母さんとジョー、どちらのがわにつくか、ジョーにむりやり選《えら》ばされたのも気に入らなかった。

うちへ帰るには、ガンサーさんの店の裏手《うらて》の、木の外階段《そとかいだん》をのぼっていく。ガンサーさんが先週、その階段《かいだん》のペンキをぬりなおしてくれたばかりだけど、ジョーもぼくも、自分の名前をまた彫《ほ》りこんでいた。

その日、川でケイレブたちとけんかしたあと、うちにもどると、ジョーは階段《かいだん》のいちばん下の段《だん》にどさっと腰《こし》かけ、低《ひく》くうめいて、いった。

「母さんには、いうなよ。わかってるな?」

ぼくは肩《かた》をすくめて、「わかってる」と答え、ジョーのとなりにすわった。

「ぜったいだぞ。母さんは知らなくていいことなんだから」

「わかってる」ぼくはもう一度答えて、暑い日ざしの中、もぞもぞとすわり直した。またひとつ、ひみつができてしまった。

「あいつのシャツをやぶいちまった」

ジョーがそういって、コインのようなものをふたつ、目の前にかざした。いや、コインじゃない。ぴかぴかのボタン——ケイレブの上等なシャツについていたボタンだ。

「胸《むね》ぐらをつかんだときに取れて、気がついたらそのまま持ってた。あいつ、新しいシャツを買って返せっていってくるかな？」と、ジョー。

ぼくはいった。

「そしたらケイレブは、ぼくたちとけんかしたって、みんなに話すことになる。そうなればこっちも、あいつとサニーが何をしてたか、みんなにいうだろ。けど、あいつらだって、今日のことは知られたくないんじゃないかな」

ジョーは両腕《りょううで》でひざをかかえ、はいている靴《くつ》をじっと見た。ハンカチを取りだして、靴《くつ》についた土をふきとる。

「あいつらが父さんのことをあんなふうにいうからだ。それに、ゲラゲラ笑《わら》いやがって。がまんできなかった」

「ぼくもだ」

「父さんはきっと帰ってくる。おまえもそう思うだろ？」

なんて答えたらいいいんだろう。今度はぼくが、自分の足をじっと見る番だった。

ジョーがいった。

「帰ってくるさ。おれにはわかる。いつかきっと帰ってくる。母さんだって、そう思ってる。だから、ガンサーさんにプロポーズされても、ことわったんだ。今も父さんを待ってるんだ」

あれは一九一七年——今から五年まえに、ぼくたちは、行ってらっしゃいと父さんを送りだした。大きな戦争《せんそう》*がヨーロッパで起こっていて、父さんはそこへ戦《たたか》いにいったのだ。つとめをはたしたら帰ってくる、とぼくたちに約束《やくそく》して。

戦争《せんそう》はそのつぎの年に終わったけど、あの日からずっと、ぼくたちは父さんに会っていない。だれも父さんのすがたを見ていない。

母さんは、夜中によく泣《な》いていた。ぼくたちには聞こえないと思っていたんだろう。だけど、このごろは、母さんの泣《な》き声《ごえ》をあまり耳にしなくなった。

もしかしたら、ジョーはまちがってるのかもしれない。母さんは、父さんがいつかひょっこり帰ってくるって信《しん》じるのを、もう、やめてしまったのかもしれない。今でもそう信《しん》じてるのは、ジョーだけなのかも……。

ジョーは、目に涙《なみだ》をうかべている。熱《あつ》い、怒《いか》りのこもった涙《なみだ》だ。ジョーがいう。

「サニー・コリンズの父親は最低《さいてい》のどろぼうだ。そんなの、だれだって知ってる。ケイレブ・カブの父親だって、他人の土地を横取りしてる、どろぼうみたいなもんだ。どれだけ金を持ってたって、悪いやつは悪い。金持ちだから、えらいって

大きな戦争《せんそう》　第一次世界大戦《たいせん》（一九一四〜一八年）のこと。ヨーロッパをおもな戦場《せんじょう》とし、多くの国々がふたつの勢力《せいりょく》にわかれて戦《たたか》った。

わけじゃない。だから、ゆるせないいんだ。あいつらがおれたちの父さんを笑《わら》うなんて」

「けど、カーニバルはどうする？　ケイレブはあんなことといってたけど」ぼくはたずねた。

ジョーが答えようとしたとき、母さんの声がして、ぼくたちは飛《と》びあがった。

「ひそひそ声が聞こえたと思ったら、やっぱりあんたたちだったのね。おかえり。こんなに早く帰ってくるとは思わなかったわ。きっと、バースデーケーキのにおいにつられたのね」母さんは、二階のドアから顔を出していた。

ぼくとジョーはそろって立ちあがった。なるべく、うしろめたい顔をしないようにする。

母さんが眉《まゆ》をひそめた。ジョーがさっと涙《なみだ》をぬぐったのを見て、何かあったのだとわかったにちがいない。

だけど、今は何もきかないでおくのがいちばん、と思ったようだ。せっかくの誕生日《たんじょうび》なんだから、と。母さんはきっと、しばらくまえからすごく倹約《けんやく》して、少しずつためたお金でバターやさとうや卵《たまご》を買って、ジョーにケーキを焼《や》いてくれたんだ。

母さんがドアから出てきた。エプロンのあちこちに白い粉《こな》がついている。

「ふたりとも、ケーキを食べたくないの？　半日かけて焼《や》いたのよ。焼《や》きたてのほやほやよ」母さんはにっこりして、ドアを押《お》さえ、早くあがっておいでと手まねきした。

ぼくは、階段《かいだん》を一段《いちだん》とばしにあがろうとした。

ジョーがさっとぼくの腕《うで》をつかみ、小声でいう。

「今夜、カーニバルに行くぞ。ケイレブのおどしなんて、くそくらえだ。何かしたら、めんどうなことになるのは、ぜったいにあいつのほうだ」

4. まぶしい光

バースデーケーキは、最高《さいこう》においしかった。ぼくは母さんにそういって、ちょっと大げさなくらいにほめた。ジョーがひとこともしゃべらなかったからだ。

母さんは何度もジョーに話しかけたけど、ジョーはだまって肩《かた》をすくめるか、「うん」と答えるだけだった。

ぼくは母さんに教えてあげたかった。ジョーがマダニにかまれてかゆいときみたいにいらいらしてるのは、母さんのせいじゃない、ケイレブ・カブのせいなんだ、って。

でも、ぼくはジョーとの約束《やくそく》を守った。その日の午後のことはひとこともしゃべらず、とにかく明るくふるまって、ジョーがふさぎこんでいるのをうめあわせようと必死《ひっし》だった。

そのうち、ジョーがようやくまともに母さんに話しかけた。

「今夜、カーニバルに行ってもいい？」

母さんは顔をしかめた。

「カーニバルって、なんだか信用《しんよう》できないのよ……。一見、きらきらしてて華《はな》やかだけど、雨がふれば、くすんで見えるでしょ。あまり好《す》きじゃないわ」

「だけど……」ジョーがいいかえそうとした。

「動物のあつかいもひどいでしょ。ろくにえさもあげないで、檻《おり》にとじこめているんだもの。そればかりか、カーニバルの人たちは、仲間《なかま》のあつかいだってひどいっていう話よ。死んだ仲間《なかま》のお金をぬすむくらい平気なんだって、ガンサーさんがいってたわ」

「父さんがいたら、きっと行かせてくれただろうな」ジョーがつぶやいた。

そんなことをいったら母さんがかわいそうだ、とぼくは思った。だけど、ジョーがそういってくれたおかげで、母さんの気が変《か》わったのだ。

母さんのさいふは、キッチンのいちばん上の棚《たな》の、さえない色のへこんだコーヒー缶《かん》の中にしまってある。母さんが缶《かん》をおろし、さいふに手を入れてごそごそやっているのを見て、ぼくは心配になった。お金、ほとんどないんじゃないかな……。

でも、こづかいをもらったジョーが、ありがとうというかわりに母さんに抱《だ》きつくと、母さんはにっこりして、「日がくれたら、一時間以内《いない》に帰ってくるのよ」といった。そして、ぼくたちが外にかけだすと、手をふって見送ってくれた。

ぼくたちは母さんから、十セント玉と五セント玉をひとつずつ、もらっていた。ぼくにもジョーと同じだけくれるなんて、母さんはほんとにやさしい。誕生日《たんじょうび》をむかえたのは、ジョーだけなのに。

まだミッチャム農場に着かないうちから、おだやかな風に乗ってにぎやかな音楽が聞こえてきた。「ブロンコ・ビリー・ラグ*」だ。その曲の聞こえてくるほうにむかって橋をわたると、ヘイ通りにぶつかるあたりで、町の人たちの一団《いちだん》といっしょになった。みんな、めざす場所はいっしょだ。

ぼくたちは足を速め、人の波をぬうようにして進んだ。カーニバルから聞こえてくる音楽や、いろんな物音が、まるで磁石《じしゃく》みたいにぼくたちをひきよせる。近づけば近づくほど、ひきよせる力も強くなる。ジョーの気分も上《うわ》むいてきた。もう、ひじをさすってはいない。ぼくを見てにっと笑《わら》った目は明るく、わくわくしているのがわかる。

たった半日でカーニバルの会場ができあがるかなあ、と心配だったけど、色とりどりの電球のついた電線が、もう、あき地じゅうにはりめぐらされている。

＊ブロンコ・ビリー・ラグ　アメリカのカーニバルやサーカスで、よく演奏《えんそう》されていた曲。ブロンコ・ビリーとは、一九〇〇～一〇年代のシリーズものの西部劇映画《せいぶげきえいが》の、主人公の名前。

「あれを見て、ジョー。きらきらしてて、星みたいだよね？」ぼくはいった。

ジョーがあきれたように目をぐるりとまわしてみせたので、ぼくははずかしくなってだまった。でも、本当だ。夕ぐれどきにきらきら光る電球は、星にそっくりだとぼくは思った。

ふと、母さんが、カーニバルはなんだか信用できないといっていたのを思い出した。だけど、母さんと同じ意見の人はランズデールにはあまりいないみたいだ。みんな、動物のあつかいとか、あまり気にしてないだけかもしれない。

ミッチャム農場のあき地は、とてもにぎやかになっていた。見せもののテント、乗りもの、コーンドッグ*を売る屋台なんかがごちゃごちゃとならんでいて、迷路《めいろ》のようだ。さまざまな色と音とにおいがあふれ、何もかもがめまぐるしく動いている感じで、なれるまでちょっと時間がかかりそうだった。

ぼくはしばらくぼうっと立っていた。いろんなものがくるくるまわったり、きらきら光ったりし、大きな声があがったり、にぎやかな音がひびいたりしている。

一セントはらえば、〈テキサス一の力持ち男〉とレスリングができる。〈ひげ女〉にキスしてもらうこともできる。〈ラッカー博士《はかせ》〉から、「世界的《せかいてき》に有名な万能薬《ばんのうやく》」をひとびん、買うこともできる。「万能薬《ばんのうやく》」といっても、コーラとウィスキーをまぜてあるだけ、とわかってるけど、見ていると、牧師《ぼくし》のブレイクさんが、木箱にひと箱分も買っていった。

ケイレブとサニーも来ているかもしれないが、すがたは見えなかった。ぼくもジョーも、あのふたりのことは忘《わす》れていたと思う。

ジョーは、カーニバルに行ったら何をして遊ぶか、何を見るか、順番《じゅんばん》まで決めていたのに、すっかり忘《わす》れて、射的《しゃてき》をやる、といきなりいいだした。そして、ねらいはほぼ正確《せいかく》だったけど、一列になって出てくるブリキのアヒルをいくつか落としそこねて、むっとした。二度目も落としきれず、かっとなった。

コーンドッグ　棒《ぼう》にさしたソーセージに、トウモロコシ粉《こ》を水でねった衣《ころも》をつけて揚《あ》げたもの。日本で「アメリカンドッグ」と呼《よ》ばれているスナックの、もとになった食べもの。

射的《しゃてき》の屋台を出しているやせた男の人が、葉巻《はまき》をかみながら帽子《ぼうし》のつばを目の上まであげて、もう一度挑戦《ちょうせん》すればきっと落とせる、とジョーをあおった。

ぼくは、もう五セント使っちゃったよ、とジョーにいった。この調子だと、カーニバルに来て三十分もたたないうちに、ジョーは母さんからもらったこづかいを使いきってしまいそうだ。

すると、ジョーがいった。

「おれは、父さんから射的《しゃてき》のこつを教わったから、腕《うで》はたしかなんだ。あのアヒル、ほんとはぜんぶ落とせてたと思わないか？」

屋台の男の人がそれを聞きつけて、文句《もんく》でもあるのか？　というように片方《かたほう》の眉《まゆ》をあげた。ジョーがいう。

「ためしにやってみたけど、この銃《じゅう》、いんちきだから、やーめた！」

ぼくたちは、その男の人につかまらないうちに、さっと逃《に》げだした。

だれともぶつからないよう、人ごみをぬって走り、観覧車《かんらんしゃ》にむかう。お金をはらうと、ゆれているゴンドラにならんですわり、あがっていった。高く、高く、もっと高く。

観覧車《かんらんしゃ》のいちばん上から見おろすと、ランズデールの町がとても小さく見えた。両腕《りょううで》の中にすっぽり入りそうだ。さっとはらいのけて丘《おか》のむこうにやってしまうことだって、できそうな気がする。

町の何もかもが見えて、見えるものをぜんぶ、自分たちが知っているのがうれしかった。学校、チャップマンさんの池、大通り、ウッド通り……。

「あれがガンサーさんの店だよね？　あの二階がうちだ」ぼくはいって、まるで母さんがこっちを見ているみたいに、手をふった。

でも、ジョーは少しふさぎこんでいて、こんなことをいった。

「いやにならないか？　何もかもがちっぽけで。だから父さんは帰ってこないのかもな。父さんのこと、責《せ》められない気がしてきた」

観覧車《かんらんしゃ》をおりたあと、〈恐怖《きょうふ》の館《やかた》〉はガキっぽいから見たくないとジョーがいうので、ぼくひとりで行くことにした。ジョーはきっとまた射的《しゃてき》の屋台へ行って、母さんにもらったお金をぜんぶ、使っちゃうんだろうな……。

〈恐怖《きょうふ》の館《やかた》〉を見つけるのに、少し時間がかかった。それは、ミッチャム農場のあき地のはずれ、切り立った川岸のぎりぎりのところにあった。あまりこんでいないみたいだ。あたりは、ほとんど暗くなっていた。

そこはあき地の中で、カーニバルのざわめきや騒々《そうぞう》しい物音から、いちばん遠い場所のようだった。

5. 恐怖《きょうふ》の館《やかた》

「館《やかた》」といっても、ふつうの建物《たてもの》じゃなくて、川岸にとめてある長いトレーラーだった。力持ちの人が思いきり押《お》したら、たちまちひっくりかえってすべり落ち、川にドボンとしずんでしまいそうに見える。

トレーラーの横《よこ》っ腹《ぱら》には、中で見ることのできる、いろんなふしぎなものの絵がかいてあった。何年もまえにかかれたらしく、すっかり色あせて、ペンキがはがれてしまっているのが、うす暗くてもわかる。

それを見て、母さんがいっていたことを思い出した。カーニバルは一見きらきらしてて華《はな》やかだけど、雨がふれば、くすんで見える……。

ひきかえしてジョーをさがそうか——そう思ったとき、だれかに見られている気がした。

入り口で番をしている、おばあさんだった。きついにおいの葉巻《はまき》をふかしながら、トレーラーのドアの前の短い階段《かいだん》に腰《こし》かけている。ひだかざりのついた赤と金のスカートをはいていて、耳には大きな金のピアス。重みで、耳たぶが下にびろんとのびている。母さんの二倍は年をとってる感じがするけど、小さな赤《あか》ん坊《ぼう》をだいている。赤《あか》ん坊《ぼう》はおばあさんの指を、哺乳《ほにゅう》びんの乳首《ちくび》みたいに吸《す》ってる。

近づいていくと、赤《あか》ん坊《ぼう》もじっとぼくを見た。

「あの、あいてますか？」ぼくはきいた。カーニバルのざわめきがすごく遠くに感じられる。心のどこかで、今日はもうしめたよといってほしい、と思っていた。

「ここに入るには、ぼうやはちょっと小さすぎやしないかい？」おばあさんには、聞きなれないなまりがあった。おばあさんは肩《かた》ごしに親指でトレーラーをさしながら、つづけていった。

「聞いたことないかい？　こういうのをね、小さい子が見ると、夜、こわい夢《ゆめ》を見てうなされたりするんだよ」

「これ、まえにも見たけど、こわい夢《ゆめ》なんて見てないよ」ぼくはいいかえした。まったくのうそってわけじゃない。今はもう、こわい夢《ゆめ》を見ることはなくなっている。

おばあさんはぼくのことをじっと見た。赤《あか》ん坊《ぼう》も、小さな黒い目でじっと見ている。ぼくは、ふたりを同時に見かえすことはできないので、トレーラーの横《よこ》っ腹《ぱら》にかいてある絵を見た。そのひとつを指さしてたずねる。

「まえに見たとき、オオカミ男がいちばん気に入ったんだけど、まだある？」

「へーえ、そうかい？」おばあさんは、赤《あか》ん坊《ぼう》のあごの下をちょっとつついた。

おばあさんのつめの先はひび割《わ》れて、茶色くなっている。でも、赤《あか》ん坊《ぼう》はくすぐったそうにして笑《わら》った。おばあさんはため息をついた。

「いったっけかね。新しいのがふたつほど入ったんだよ。このまえ、このあたりに来たあとにね」

ぼくは、おばあさんがさしだした手に五セント玉をのせた。そんなに高いはずはないのに、おばあさんはおつりをくれなかった。

「いいかい、こわくてがまんできなくなったら、大声でさけぶんだよ」

おばあさんは木の階段《かいだん》に腰《こし》かけたまま、少しわきへよった。ぼくはいそいで横を通りぬけた。びくびくしていると思われたくなかったし、おばあさんの体にふれたくなかった。

階段《かいだん》をのぼりきると、赤のぶあついカーテンがさがっていた。おばあさんがふりむいてこっちを見ていたので、ぼくはカーテンを押《お》しのけて、さっと入った。

中は暗く、暑苦しくて、悪魔《あくま》の尻《しり》ポケットに飛《と》びこんだみたいだった。ぼくはしばらくじっと立ったまま、暗さに目がなれるのを待ってから、そろそろと歩きだした。

まん中にせまい通路があって、右にも左にもふしぎなものがならんでいる。ガラスケースに入っているものもあれば、低《ひく》くわたした、たるんだロープのむこうに、ただ置《お》いてあるものもある。通路をむこうはしまで歩かないと、出口のドアにはたどり着けない。

見あげると、電球がいくつかさがっていて、赤、緑、青、赤、緑、青……と、色を変《か》えながら光っていた。

ここにひとりきりでいるのは、やだな、と思った。息を止めると、遠くから、カーニバルのざわめきがぼんやりと聞こえてくる。

左がわを見ると、「吸血《きゅうけつ》コウモリにおそわれた男」という題名が目に入った。ガラスのむこうで、男がひとり、両ひざをついて首をすくめ、恐怖《きょうふ》に口を大きくあけている。両手を頭の上にかざし、コウモリの群《む》れを追いはらおうとしている。コウモリは糸でつるしてあった。

男の横の壁《かべ》に、手書きの説明文《せつめいぶん》が額《がく》に入れてかけてあった。うす暗いから、目をこらさないと読めない。

アマゾンの奥地《おくち》では、夜、吸血《きゅうけつ》コウモリの群《む》れがおそってくる。吸血《きゅうけつ》コウモリは歯がとてもするどく、血にうえている。アマゾン川流域《りゅういき》に住む人びとによると、吸血《きゅうけつ》コウモリの群《む》れは一時間たらずで、大人の男の血を一滴《いってき》のこらず吸《す》いとってしまうという。

この恐《おそ》ろしいコウモリは、近ごろ、この近辺《きんぺん》の森でも目撃《もくげき》されている。今夜、歩いて帰るときには、くれぐれもご用心を。

男は、ろうでできた人形で、首にふたつの傷《きず》と、したたる血が絵の具でかいてある。吸血《きゅうけつ》コウモリにかまれたところだ。

コウモリが本物かにせものか、わからなかったので、顔を思いきりガラスに近づけて、糸でつるしてあるコウモリを見あげた。電球の光が赤、緑、青と変《か》わると、小さな目がぶきみに光る。ぼくはうしろに飛《と》びのいた。

そのあと、ばかだなあ、と思い、自分で笑《わら》ってしまった。入り口にいたおばあさんが、こっそりのぞき穴《あな》から見ているといけないから、わざと、ジョーがあきれたときにするように、目をぐるっとまわした。そのあと、首のうしろをかいた。なんだか、おばあさんの視線《しせん》がささって、ちくちくするような気がしたから。

通路をはさんで、右がわには、オオカミ男がいた。いちばん気に入っていると、さっきおばあさんにいったものだ。

オオカミ男は、今まさにほえているところだ。首をのけぞらせて、壁《かべ》の上のほうにかかれた月を見ている。歯をむきだし、かぎづめで何かをつかもうとしている。ぼろ布《ぬの》で前だけはかくしているが、服はいっさい着ていない。でも、頭からつま先まで、黒い毛でびっしりおおわれている。

説明文《せつめいぶん》によると、このオオカミ男は、カナダの森の奥地《おくち》で捕獲《ほかく》されたそうだ。

命知らずの猟師《りょうし》と、木を伐採《ばっさい》していた勇敢《ゆうかん》な作業員たちが、二十人がかりでつかまえたという。

だけど、よく見ると、口の横の毛がひとふさ、なくなっていた。それに、口のあけかたと首のかしげかたが、なんとなくひっかかった。

もういちど、左がわの、吸血《きゅうけつ》コウモリにおそわれているろう人形を見た。

やっぱり。

オオカミ男とまるで同じ口、同じ顔をしている。

いっぽうはこわい顔で、もういっぽうはこわがってる顔だけど、まったく同じ顔だ。オオカミ男も、吸血《きゅうけつ》コウモリにおそわれてる男と同じ人形でできていて、ちがうのは身につけてるものだけなんだ。

ちっとも本物じゃないし、書いてある説明《せつめい》も本当のことじゃない。いんちきだ。でたらめだ。ジョーがいってたとおりだ。

あのおばあさんは今ごろ、外の階段《かいだん》にすわって葉巻《はまき》のはしをかみながら、ぼくのことを笑《わら》ってるだろうか。ぼくがわたした五セント玉を、ひだかざりのついたスカートのポケットにおさめて。

つぎに見た人魚は、もっとひどかった。長い尾《お》のうろこがはがれて、中につめてあるおがくずがこぼれでているのだ。ろうでできた顔の片《かた》がわは、夏に海へ行って日焼《ひや》けしすぎたみたいに、ぼろぼろに表面がはげていた。ガラスの目が片《かた》方《ほう》、くぼみから飛《と》びだして、ピンクにぬられたほおにひっかかっている。その目はじっと床《ゆか》を見ていた。

ぼくはなんてばかだったんだろう。なんて子どもっぽかったんだろう。はずかしくてたまらず、自分にうんざりしてしまい、つぎのドラゴンの赤《あか》ん坊《ぼう》から目をそむけた。もう見たくなかった。このドラゴンも、ジョーのいうとおり、きっとにせものなんだ。

ぼくは出口にむかった。これ以上《いじょう》、ばかだと思われたくない。わざと怒《おこ》ったような大きな足音を立てて、トレーラーじゅうにひびかせる。この足音が、カーニバルのざわめきをしのいで、あのおばあさんにまで聞こえるといいけど。

ところが、いちばん最後《さいご》のガラスケースをのぞいたとたん、その場に釘《くぎ》づけになってしまった。ケースの中の男がこちらをじっと見ていて、ぼくも目をはなせない。

そこには、こう書いてあった。

「最後《さいご》の兵士《へいし》」

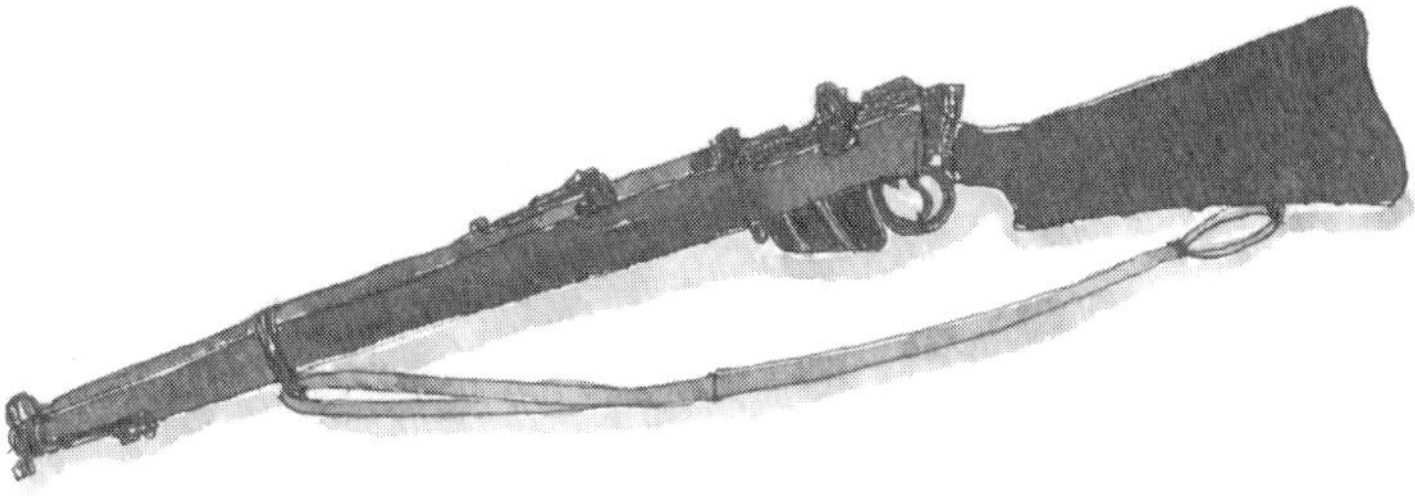

6．最後《さいご》の兵士《へいし》

その男は、いすに腰《こし》かけて、ガラスケースの中にいた。軍服《ぐんぷく》を着て、ライフル銃《じゅう》をひざにのせ、口を大きくあけてさけんでいる。

その顔つきは、少しもわざとらしくなかった。オオカミ男や、コウモリにおそわれている男の人形とはちがう。恐怖《きょうふ》のあまり、唇《くちびる》がめくれて歯がむきだしになり、目も飛《と》びだしそうだ。苦しそうに顔をひきつらせて、さけんでいる。

「最後《さいご》の兵士《へいし》」は、本物に見えた。

目がはなせなくなった。ガラスケース

に思いきり近づいたけど、ふれはしなかった。

ぼくはまた、ばかみたいに、小さな子どもみたいに、見たものをそのまま信《しん》じようとしているんだろうか？　だけど、この男は、ろうみたいにつるつるじゃないし、絵の具のしみも見えない。肌《はだ》は、うす茶色の革《かわ》をのばしたような感じだ。ひたいも鼻も、皮《ひ》ふがぴんとはっている。でも、ほおだけは落ちくぼんで、黒ずんで見える。男はいすにかけたまま、声を出さずにさけんでいる。ぼくにむかってさけんでいる。

ガラスケースから一歩さがった。ぞくぞくして、鳥肌《とりはだ》が立っている。

そのとき、兵士《へいし》の胸《むね》に黒ずんだ穴《あな》が見えた。銃《じゅう》で撃《う》たれたんだ。穴《あな》の大きさは、さっきここに入るためにはらった五セント玉ぐらい。兵士《へいし》の命をうばった穴《あな》が、しみひとつない軍服《ぐんぷく》にぽこっとあいている。

ぼくは、その穴《あな》から目をそらし、もう一度兵士《へいし》の顔を見た。逃《に》げだしたいのに、足が動かない。ガラスケースの横、壁《かべ》の下のほうに、説明文《せつめいぶん》の額《がく》がかかっている。

それを読むために、兵士《へいし》の顔からやっとのことで目をはなした。しゃがみながら、目のはしでちらっと見ると、兵士《へいし》はまだこちらをじっと見ていた。説明文《せつめいぶん》には、こうあった。

英国・東ヨークシャー歩兵連隊《ほへいれんたい》、スタンリー・ジョージ・ジョーンズ二等兵《にとうへい》

ジョーンズ二等兵《にとうへい》は、先の大戦《たいせん》*（一九一四〜一八年）で最後《さいご》に戦死《せんし》した兵士《へいし》である。ベルギーのモンスの戦場《せんじょう》で、一九一八年十一月十日、午後十一時五十八分に、心臓《しんぞう》を撃《う》たれて死亡《しぼう》した。

この悲惨《ひさん》な戦争《せんそう》では、あまりに多くの人が命を落とした。そのため、このような戦争《せんそう》は二度とすべきでないという声が高まっている。この戦争《せんそう》は「すべての戦争《せんそう》を終わらせるための戦争《せんそう》」だといわれたが、犠牲《ぎせい》はあまりに大き

先の大戦《たいせん》　第一次世界大戦《たいせん》のこと。一九一八年十一月十日に停戦《ていせん》となったが、この戦争《せんそう》は最後《さいご》の戦争とはならず、敗戦国《はいせんこく》のドイツが、やがて第二次世界大戦《たいせん》（一九三九〜四五年）をひきおこすことになる。

かった。二度と同じあやまちをくりかえしてはならない。

ジョーンズ二等兵《にとうへい》のような勇敢《ゆうかん》な人々が、つぎの世代のために、平和で自由な世界を勝ちとってくれた。ジョーンズ二等兵《にとうへい》は、世界で最後《さいご》の兵士《へいし》である。ここに心からの敬意《けいい》をささげる。


ぼくはふるえながら立ちあがった。「最後《さいご》の兵士《へいし》」はじっと動かず、死の瞬間《しゅんかん》でかたまっている。父さんのことを思い出した。行ってくるよ、とぼくたちに手をふった父さん。ぼくは両の手をにぎりしめた。

そのとき、ガラスケースの上の電球が、ちかちかまたたいたと思うと、消えた。と思ったら、またついて、あたりは血のようにまっ赤な光につつまれた。

ぼくは走って逃《に》げだした。

「最後《さいご》の兵士《へいし》」がじっと見ている。

トレーラーの出口から、階段《かいだん》をとばして草の上に飛《と》びおりた。体がぐらぐらした。おばあさんがうしろから大きな声で、こわい夢《ゆめ》に気をつけるんだよ、といっている。ぼくは聞こえないふりをした。あの兵士《へいし》のさけんでいる顔、恐怖《きょうふ》にゆがんだ顔が頭からはなれない。それと、胸《むね》にあいた黒い穴《あな》も。

ぼくは走った。あの兵士《へいし》が追ってくるような気がして、必死《ひっし》で走り、ようやくカーニバルの人ごみにまぎれると、ジョーの名前を呼《よ》んだ。

すぐそばでだれかがさけび、ぼくもびっくりして悲鳴をあげた。でも、射的《しゃてき》でココナッツを撃《う》ち落《お》とした人が、喜《よろこ》んでさけんだだけだった。

いきなりすごい音量《おんりょう》の音楽が頭の上に流れ、思わず耳をふさいでちぢこまった。まわりじゅうで光がはじけ、まぶしく輝《かがや》いていて、目がくらむ。人の波が押《お》しよせてきて、ぼくは逃《に》げだした。

必死《ひっし》で走って、また観覧車《かんらんしゃ》のところに来た。高いところにのぼれば、このめちゃくちゃな騒《さわ》ぎから逃《のが》れられる。

観覧車《かんらんしゃ》に乗って、てっぺんまでのぼったところでカーニバルを見おろすと、すごくドキドキしていた心臓《しんぞう》がしずまってきた。ひんやりした夜の空気を、何度か大きく吸《す》いこむ。

まだ、「最後《さいご》の兵士《へいし》」のすがたが目に焼《や》きついてはなれない。目をとじるたび、まばたきするたび、あの顔がうかぶ。それでも、少しは遠ざかれたような気がした。

あの兵士《へいし》は本物？　それとも、オオカミ男と同じく、ろう人形に絵の具をぬっただけ？

目をあけて、さっきジョーと乗ったときと同じように、ランズデールの町を見おろした。日がくれて、通りに立ちならぶ街灯《がいとう》のあいだに、家々がぼんやり灰色《はいいろ》に見える。黒く光る川が、町の中をぬうように流れている。

今、何時ぐらいだろう？　わからないけど、母さんはそろそろぼくたちに帰ってきてほしいと思っているんじゃないかな。ジョーとぼくの帰りを、心配しながら待っているにちがいない。

ふと思った。もし、ぼくやジョーが戦争《せんそう》に行くことになったら、母さんはどんなに心配するだろう。父さんが戦争《せんそう》に行ったときには、どんな気持ちだったんだろう？

だけど、ぼくもジョーも、戦争《せんそう》に行くことはなさそうだ。ついさっき見たのが、本当に、世界で最後《さいご》の兵士《へいし》なんだとしたら。

観覧車《かんらんしゃ》が一周《しゅう》して、ふたたび地上にもどってくると、ぼくは人ごみの中にジョーのすがたをさがした。

射的《しゃてき》の屋台のほうを見ると、明かりに照《て》らされて、赤毛の頭があがったりさがったりしているのが見えた。サニー・コリンズだ。その横に立っているのは、ケイレブ・カブ。

そして、三人目のすがたが見えた。地面にたおれている。泥《どろ》にまみれて身をよじらせ、両手で頭をかかえている。その腹《はら》を、ケイレブがけった。

7．その夜のできごと

その夜おそく、ぼくはベッドに横になって、部屋の暗い天井《てんじょう》をながめていた。銀色の月明かりが、カーテンのすきまからさしこんでいる。

むこうの壁《かべ》ぎわのベッドで眠《ねむ》っているジョーが、うなったり、ぶつぶついったりする声が聞こえてきた。こわい夢《ゆめ》を見ているのかもしれない。それか、カーニバルであったことを思い出しているのかもしれない。

ジョーは、ケイレブとサニーにひどく痛《いた》めつけられた。

ふたりがなぐったりけったりするのをやめたとき、ジョーの唇《くちびる》ははれあがり、鼻は血だらけでまがってるように見えた。紫《むらさき》と青と黒と黄の、ぶきみな虹《にじ》みたいなあざが、体じゅうにできていた。

でも、まえのときとちがって、どこの骨《ほね》も折《お》れなかったのは運がよかった。あの、射的《しゃてき》の屋台を出してる男の人がいなかったら、ずっとひどいことになっていただろう。あの人が屋台を飛《と》びこえてきて、サニーとケイレブをジョーからひきはなしてくれたのだ。

そのあと、ぼくはジョーを助け起こそうとしたけど、ジョーはいやがった。地面にたおれたまま、体を丸めて、泣《な》いているのを見せまいとしていた。

そのうちに人が集まってきて、ジョーのことをじろじろ見た。まるでジョーが、あのいんちきくさい〈恐怖の館《やかた》〉で見せものにされているみたいだった。

だから、ガンサーさんが人ごみをかきわけて来てくれたときには、心からほっとした。

ガンサーさんに助けてもらって、ぼくはジョーを連《つ》れ帰《かえ》った。理髪店《りはってん》の二階の、ぼくたちのうちまで。

母さんはすっかりとりみだしてしまった。救急箱《きゅうきゅうばこ》から手あたりしだいに飲み薬やぬり薬を出して、ジョーに飲ませようとしたり、傷《きず》にぬろうとしたりした。だけど、ジョーはすべて、いらない、といって、服を着たままベッドにもぐりこみ、毛布《もうふ》にくるまった。

そして、だれにもひとことも口をきかず、泣《な》きながら眠《ねむ》ってしまった。

ぼくはしかたなく、母さんにぜんぶ話した。昼間、川べりで、ケイレブたちとけんかしたこと。夜、カーニバルで、観覧車《かんらんしゃ》をおりてから、ケイレブとサニーがジョーを痛《いた》めつけているのを見たこと。

だけど、〈恐怖《きょうふ》の館《やかた》〉のことはだまっていた。ジョーのこととは関係《かんけい》ないから。少なくとも、そのときは関係《かんけい》ないと思っていた。

母さんは顔をひきつらせていた。心配でたまらないのだ。それに怒《おこ》ってもいた。

夏の暑い夜には、外階段《そとかいだん》に出るドアをあけはなして、料理《りょうり》の熱《ねつ》を逃《に》がし、すずしい夜風《よかぜ》を少しでも入れることにしている。母さんはしきりにそのドアを出たり入ったりしていた。

怒《おこ》っているように見えるかと思えば、つぎには心配そうな顔になった。母さんもどこかへ逃《に》げだしたいけど、それはできないとわかってるみたいで、最後《さいご》にはテーブルの前にすわり、両手をきつく組んだ。

「マーシャル・カブと話をするべきかしら？」母さんはガンサーさんにたずねた。マーシャル・カブというのは、ケイレブのお父さんのことだ。「あの人の息子がわたしの息子に何をしたか、話しにいったほうがいいと思う？」

ガンサーさんのぱりっとしたシャツには、ジョーの血のしみがついていた。ガンサーさんは答えていった。

「わたしが会いにいったほうがいいかもしれない。マーシャルは、男の話ならまともに聞くだろう」

母さんは、そんなわけない、というように首を横にふり、唇《くちびる》をかんだ。でも、そのとおりだとわかってもいた。

「女から文句をいわれるのは、がまんならないってことね？」

そういうわけで、ガンサーさんが馬に乗ってケイレブの家の農場に出かけていくと、母さんはぼくに、何があったのか、もう一度くわしく話してちょうだいといった。聞いたらつらくなるのは、わかりきっているのに。

話しおえると、ぼくはたずねた。

「母さん、ケイレブはなんであんなに意地が悪いのかな？」

すると、母さんはいった。

「お父さんのようになりたいと思っているんじゃないかしら。お父さんがあそこまでお金持ちになったのは、意地悪だからだと思いこんでいるのよ。でも、意地悪な人がみな、お金持ちだとはかぎらない。サニー・コリンズの父親をごらんなさい。ガラガラヘビの何倍も意地が悪いけれど、頭も悪いわ。はじめて盗《ぬす》みをし

http://www.tokuma.jp/kodomonohon/

徳間書店

読者と著者と編集部をむすぶ機関紙

子《こ》どもの本《ほん》だより

2020年3月／4月号　第26巻　156号

『ランドセルが やってきた』より　Illustration copyright © 2009 Yasunari Murakami

異国の本を手渡す

編集部　高尾健士

二〇〇七年から一年間、私はドイツのギムナジウム（日本でいうところの中高一貫校）に通っていました。授業では討論が多く、日本の高校の授業との違いに毎日のようにカルチャーショックを受けて、緊張していました。

ある日の午後、担任の先生に自習室はないかと聞くと、とても小さな図書室に案内されました。図書室は薄暗く、窓から差し込んだ日の光が本の背にあたっていて、ふと壁を見ると、ウンゲラーの『キスなんてだいきらい』（文化出版局）の表紙のポスターがかかっていました。それを見た瞬間に、幼い頃に親にこの絵本を何度も読んでもらった記憶が蘇りました。肩の力が抜けて少し気が楽になる一方で、異国の絵本を見てほっとした自分を不思議に感じました。

子どもの頃に異国の作家の本に親しんだ体験は、様々な文化を身近に感じさせ、私の価値観に少なからず影響を与えたように思います。

今の子どもたちが日本で暮らしていても世界を身近に感じ、また、何かのときには癒され、心の支えにもなるような本を、丁寧に手がけていきたいと思います。

子どもの本の本屋さん〈第138回〉

京都市
左京区

子どもの本の専門店

きんだあらんど

今回は、京都市にある子どもの本の専門店「きんだあらんど」の店主、蓮岡修《はすおかおさむ》さんにお話をうかがいました。

Q　お店について教えてください。

A　創業は一九八五年。二〇〇八年に先代の店主からお店を継いで十二年目になります。

一階はギャラリーです。去年の十一月にできたばかりの画廊で、当店にゆかりのある作家の原画展などを開催しています。二階が書店で、三階が、京都市の支援を受けて運営している、親子が自由に遊べるつどいの場「どんぐり広場」です。ここでは、絵本の読み聞かせや手遊びなどをしたり、常駐している専門の保育士に、無料で子育ての相談をすることもできます。四階が屋上テラスです。

また、毎月一回、「ブッククラブ通信」も配布しています。

Q　ブッククラブは、どんなふうに運営されていますか？

A　お客様に事前に、家族構成や今のご家庭の状況について詳しくお話を伺った上で、それぞれのご家庭に合った絵本や児童文学のリストを作り、半年間、毎月届けています。ひとりひとりに、その本を選んだ理由と内容の解説を書いた手紙も添えていて、非常に手間をかけています。現在は二百名様限定で、本の代金と送料に加えて、手数料もいただいています。大変申し訳ないのですが、新規に希望されるお客様には、キャンセル待ちしていただいています。

Q　ブッククラブには、どのような本を選んでいますか？

A　時代を超えて読み継がれ、子どもも大人も楽しめる、すぐれた本です。

また、その本をきっかけにして、親子のあいだに豊かで幸せな時間が生まれるのではないか、と思えるようなものを選びます。というのも、私は、絵本というのは親子が対話をするための媒体で、文学性の高い素晴らしい絵本をいっしょに読むことが、家庭内の平和、世界の平和につながると思っているからです。

絵本を手渡すときには常に緊張感をもっているという、店主の蓮岡修さん。

私は学生時代から戦場にカメラマンとして赴《おもむ》き、その後、二〇〇三年から二〇〇六年ころまでNGO職員として、アフガニスタンやスリランカ、ベトナムなどの紛争地や貧困地で人道支援をしていました。そして、帰国したときに愕《がく》然《ぜん》としたのです。国内で家庭内暴力の問題が出始めたころで、虐待《ぎゃくたい》や子どもの自殺が多かったからです。紛争地でさえ、家庭には平和がありました。日本は一見平和ですが、小さな争いが家庭内にいっぱいあるんじゃないか、自分にできることはなんだろう、と考えました。そして、家庭のなかに、「最小単位の平和」をつくることが大切だという

2階の書店内。おすすめの絵本がずらりと並んでいました。

考えに至りました。

私は、絵本にはこの最小単位の平和をつくる力があると信じています。平和というのは体験です。たとえば、お母さんと子どもが一緒に本を読んで共感した瞬間は、おそらく一番小さな平和の例でしょう。

絵本のほかにも、「小さな平和」を生みだす方法はたくさんあると思いますが、私は絵本を通して、小さな平和をつくるきっかけ作りに携われたらと思っています。

絵本の質にこだわるのは、一冊の素晴らしい絵本に出合うことで、家庭内暴力が起きるのをふせぐことができるかもしれない、あるいは、親の暴力で傷つく子どもや、暴力をふるってしまう親の心を癒し、家庭の雰囲気が変わるきっかけになるかもしれない、と思っているからです。

ですから、お店に置くのも、なるべく質のいい本にするよう心がけています。

3階の「どんぐり広場」。16時まで。水曜日、日曜日、祝日はお休みです。

Q　最近は、どんなイベントを計画されていますか？

A　六月から子どもの本専門店「ブックハウスカフェ」（東京・神保町）で、六回の講義をする予定です。絵本の作り手に向けた講義で、テーマは「百年読み継がれる絵本」。ちかごろ、文学性がなく、奇抜さやデザイン性が売りの絵本が増えてきました。

私はこの流れは、作家に媚《こ》び、あまり過去から学ばずに、深く考えないで本を出す編集者と出版社にも責任があると思います。

絵本と一口にいっても、大人向きの絵本など、多様な価値観のものが刊行されていますが、百年読み継がれる名作には、本当に子どもの目線で、子どものために描かれたものが多いのです。

この講義は、徹底的に読み手の目線に合わせて場面を作ることで、百年読み継がれる名作絵本が生まれるのではないか、そんな作家が育つきっかけになるのではないか、という試みです。

私はこれを描きたいんだということを、作家が描いたり、新しいことにチャレンジしたりするのはいいことだと思いますが、読んだ後に子どもの心に何が残るのか、あるいは、お母さんやお父さんの声を通して子どもがその本の世界に入ることでどんな体験が残るのか、という点も、とても重要だと思います。

Q　徳間書店の本でおすすめは？

A　『かあさん、だいすき』です。「誰しもお母さんに大好きと言われたい」それが、人間であり、その気持ちを素直に表現できるのが子どもの大きな特権です。そんな瑞々しい想いが、親子のやり取りを通じて伝わってきます。『ペニーさん』もいいですね。まったく違う者たちが家族のように一緒に生きるとはどういうことか。社会ではごく弱い存在のペニーさんが、町で最も豊かなものを手に入れている姿に、深い感動を覚える名作絵本です。

ありがとうございました！

お店の情報

きんだあらんど

〒606-8354
京都府京都市左京区頭町351

TEL：075-752-9275

10：00～17：00

定休日　水曜日、祝日、年末年始

http://kinderland-jp.com/

京都市営地下鉄東西線「三条京阪駅」から徒歩11分

絵本の魅力にせまる！

絵本、むかしも、いまも…

第135回「あっと驚く、知的な仕掛け」
tupera《ツペラ》 tupera《ツペラ》『パンダ銭湯』

文：竹迫祐子《たけさこゆうこ》
ちひろ美術館主席学芸員、同財団事務局長。主な著書に、『ちひろの昭和』ほか。

「よし　きょうは　せんとうに　いくか」と父ちゃんパンダ。「あらそれじゃ　よういするわね」と母ちゃんパンダ。坊やは大喜び。

親子三人、やってきたのは、「パンダ以外の入店は固くお断り」の、パンダ湯です。はてさて、パンダ一家の入浴風景やいかに。「ぺら」「よいしょ」「んー」服（?）を脱ぐパンダ親子を見て読者はビックリ!! パンダの肩や足の黒いところは実は脱げる!? それどころか、目の周りの黒いところは…メガネ!? じゃあ、耳は…? 読んでビックリ見てビックリ。でも、すごく納得の『パンダ銭湯』です。

風呂場での様子は、人間さながら。お馴染《なじ》みさんと挨拶を交わしあい、湯船で泳ぐ子が叱《しか》られ、おじさんは頭にタオルをのせて「♪パパンがパンパンダ～」と鼻歌。銭湯に行ったことがある人なら、そうそう、と思えるリアリティのある場。そのせいか、パンダの銭湯での驚くべき生態＝秘密にも説得力があり、なるほどと思わされます。

作者tupera tuperaは、亀山達也《かめやまたつや》（一九七六―）と中川敦子《なかがわあつこ》（一九七八―）の夫婦ユニット。『しろくまのパンツ』（ブロンズ新社）や『わくせいキャベジ動物図鑑』（アリス館）で、今や大人気のふたり。人気の秘密は、読者をあっ！　と言わせる知的な仕掛けでしょう。

ふたりの出会いは、美大を目指す予備校時代。三重県伊勢市生まれの亀山は武蔵野美術大学油絵学科版画専攻、京都市生まれの中川は多摩美術大学デザイン科染色デザイン専攻に進み、さまざまな場で共同制作の布雑貨等の展示販売等を行っていました。そうした作品を見た人から、絵本を作ってみたら…と言われ、取り組んだ最初の絵本が『木がずらり』（自費出版）。ジャバラ形式で、伸ばすといろいろな木々が現れる、飾れる絵本です。その頃の作品からは、東欧の絵本や北欧デザイン、そして日本の絵本などなど、ふたりが好きな世界がうかがえるようです。

その後、本格的に絵本の制作を開始し、思わぬ発想と仕掛けで読者を驚かせ、喜ばせる作品を次々に発表してきました。

絵本の制作においては、「かなり役割分担がない」というふたり。アイデア出しや「顔」を担当することが多いという亀山、色選びやレイアウトを考えるのが好きという中川ですが、本によって担当は変化するのだそう。机に向かい合ってハサミやのり、鉛筆やパステルを手に、切ったり貼ったり、ああでもないこうでもない、と言い合いながらの共同作業。そんな姿は、工作好きの仲良しが、そのまま大人になったようです。「作れば作るほど、いろいろと問題が生まれるのが楽しい」と、絵本作りを語る亀山。読者が楽しい気持ちになるのは、作り手自身が楽しんでいるからなのでしょう。ただし、そこには研ぎ澄まされたデザイン感覚、色彩感覚、造形感覚とことばのセンスとともに、現実的な生活者としての目線があることも見落とせません。

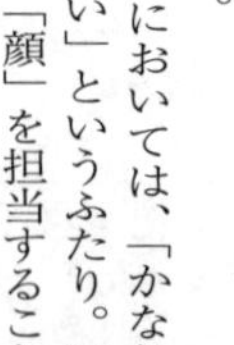

『パンダ銭湯』
tupera tupera
作・絵
初版2013年
絵本館 刊

野上暁の児童文学講座

「もう一度読みたい！ '80年代の日本の傑作」

第64回 あまんきみこ『おっこちゃんとタンタンうさぎ』（一九八九年／福音館書店）

文：野上《のがみ》 暁《あきら》
児童文学研究家。著書に『子ども文化の現代史～遊び・メディア・サブカルチャーの奔流』（大月書店）ほか。

作者のあまんきみこは、一九六八年に『車のいろは空のいろ』でデビューしました。幼い子の気持ちに寄り添って、やさしい言葉でさり気なく不思議な世界に誘いこむ幼年文学の傑作をたくさん書いています。

この作品も、三月のある日、小さな町の町はずれに引っ越してきた、おっこちゃんという、ちょっと恥ずかしがり屋の小さな女の子のお話です。

おっこちゃんは、ママと市場に買い物に行った帰りに、同じくらいの年の女の子を連れたおばさんと会いました。女の子にじっと見つめられて、おっこちゃんはママの後ろに隠れます。けいこちゃんというその子は、メリーちゃんという人形を抱えていて、四月からおっこちゃんと同じ、みどり幼稚園に行くのだそうです。おばさんから「ちかくだから、あそびにいらっしゃい」といわれても、おっこちゃんは声が出せずに、黙ったままうつむいていました。

その日は、おっこちゃんの五歳の誕生日でした。パパがプレゼントに、かわいいうさぎの縫いぐるみを買ってきてくれました。おっこちゃんが、「うれしい。あたしのまっていたとおりの子よ」とつぶやくと、すぐ耳元で、「うれしいなあ。ぼくのまっていたとおりの子だ」と、男の子のひそひそ声が聞こえました。おっこちゃんは、うさぎに、タンタンと名前をつけ、夜ベッドに入ると、昼間会ったけいこちゃんとメリーちゃんの話をしました。そしておっこちゃんは、タンタンと一緒に、けいこちゃんの家に遊びに行くことにしました。「ちゃんと、声出せるかなあ」とおっこちゃんが心配すると、「だいじょうぶ、ぼくがいるから」とタンタン。

次の日二人は、けいこちゃんとメリーちゃんの家に行き、すっかり仲良しになります。そして四月にみどり幼稚園に入ったおっこちゃんとけいこちゃんは、同じきりん組になりました。二人は、きりん組でいちばん背が高く、声の大きなかんたくんが、苦手です。公園で遊んでいるときも、意地悪するからです。だから二人で公園に行くと、「かんたくん、きませんように」と言い合います。

ある日、公園の砂場で、タンタンとメリーちゃんをベンチに座らせて遊んでいた二人は、おもちゃの小さな自動車を見つけ、砂場の枠のコンクリートの上に置きました。そのうち雨が降りだしました。するとさっきの自動車が大きくなって走って来ました。タンタンが運転席に、メリーちゃんが助手席に乗って、「早く乗りな」と二人を急《せ》かすのです。車は雨の中を走り、行きついたところは嫌いなかんたくんの家でした。「まえからいっしょにあそびたかったんだ」と、かんたくん。三人で遊んでいると、前から仲良しだったみたいに思えてきました。

五歳の誕生日にタンタンと出会ったおっこちゃんが、六歳の誕生日を迎えるまで、夢と現実を行き来するいくつもの不思議なエピソードを重ねて、その成長する姿を、楽しく描いた幼年文学の傑作です。

『おっこちゃんとタンタンうさぎ』
あまんきみこ さく
西巻茅子 え
初版1989年
福音館書店 刊

著者と話そう 早川敦子《はやかわあつこ》さんのまき

英国の絵本『人形の家にすんでいたネズミ一家のおはなし』『同 おるすばん』などを訳された、早川敦子さんにお話をうかがいました。

Q　どのような子ども時代を過ごされましたか？

A　両親や祖父母がとても進歩的で、外国の文化が身近な環境でした。「子どもには、難しくても本物を与えたい」ということで、グリムの昔話にウォルター・クレインが絵を添えたものなど、美しい洋書の絵本をたくさん見ていました。三歳の頃、『美女と野獣』の絵本をじっと見て涙を流していたので、母は「絵を見ているだけでなく、お話を読んでいるんだ」と気づいたそうです。あのお話がかわいそうで泣いた記憶は、今でも残っていますね。少し大きくなると、「ナルニア国ものがたり」やローズマリー・サトクリフの作品など、英国児童文学に夢中になりました。英国と行き来しながら二つの文化の中で育ったことが、私の精神の原風景になっていますが、子どもの本が、「異文化との壁のない世界」を与えてくれたと思います。

Q　その後、大学の教員になられた経緯は？

A　高校は、自由な校風と英語教育に特色があった京都の同志社高校、大学は母と少し離れたい思いもあって（笑）、津田塾大学を選びました。でも、英国が第二の故郷だという思いが強く、大学院では、エディンバラとオックスフォードで学びました。女性として子どもを育てながら研究生活を続けていくのは、当時も大変なことでしたが、母校の津田塾大学にはそのロールモデルがたくさんいて、教員として大学に残れたのはとても幸せなことだったと思います。

Q　翻訳を始められたのは…？

A　実は、小学生の頃の日記に、「本やく家」になりたい、と書いていたんですよ。でも、そのことをしばらく忘れていて…。思い出したのは、思春期になり、ヒロインが自分で運命を切り開く「フランバーズ屋敷の人びと」に夢中になった頃。自分が好きな英国の物語世界が、日本語でも読める、ということに、はっと気づいたんです。英語という言語自体にも興味があったので、いつか翻訳に携わりたいと思うようになりました。なぜか、英語を使って暮らしているときのほうが、「言語が人間の精神を形づくっている」「言語を通して他者の精神と対話ができる」「豊かな時間が流れている」という実感があるんです。自分が感じるその豊かさを、日本の言葉でシェアできたら、と願っています。

Q　その後、サトクリフの作品を訳されて…。

A　『広辞苑』を編纂された新村出《しんむらいづる》さんの孫の徹《とおる》さん（中国文学者）が、京都で家庭文庫をされていて、子どもの頃、そこに通っていました。そこでサトクリフを勧められ、私が東京に出たあと、サトクリフの翻訳者の猪熊葉子《いのくまようこ》先生にも紹介してもらいました。その後、サトクリフにインタビューする、という仕事を引き受け、質問をたくさん考えて張りきって渡英したのですが、彼女が直前に急死され、とてもショックでした。そんなこともあり、サトクリフの翻訳に携わる機会が訪れたときには、力を入れて取り組みました。また、サトクリフ

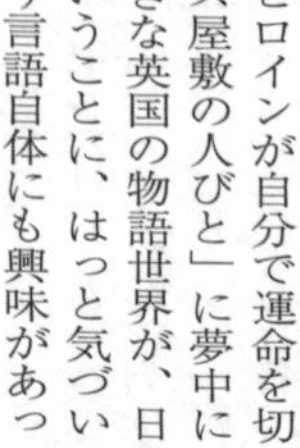

「翻訳とは」を学問としても研究している早川さん。

論を書き、子どもの本には学問的にも意味がある、と再認識しました。R・ウェストールやD・アーモンドの力強さや、子どもの本が持っている宇宙観は、大切なものとして、英文学の中に存在していると思います。

Q　そのころから、子どもの本の世界でも活躍されるようになったんですね。

A　猪熊先生から、訪日された子どもの本関係の方をご紹介いただいたり、八六年にＩＢＢＹ（国際児童図書評議会）の世界大会が東京で開催された折には、フィリパ・ピアスなど作家の方の送迎や、インタビューの通訳などのお手伝いもしました。そんなご縁から、新聞に子どもの本の書評を書く仕事もしばらく続けましたね。今も、司書の方に向けて、子どもの本についての集中講座をしたりしてはいますが、私は、子どもの本の専門家ではないと思っています。

Q　では、ご専門は何ですか？

A　英語・英文学及び翻訳論、ということになるでしょうか。英文学の分野では、自分の志向だけでは選ばなかったような作家について、教えるために勉強したことが、身になっています。教えるというのは、学び続けないといけないということなんですね。また、翻訳論というのは、「翻訳とは何か」を、言語学、社会学、哲学、歴史学などさまざまな切り口から研究する学問で、有名なのはベンヤミンの「翻訳者の使命」という論ですが、そのほかにも、「各国語に訳された聖書の比較」「言語のヒエラルキー」など、さまざまな研究がされています。私も『翻訳論とは何か』という本を書きました。これは、在外研究の際にオックスフォードの学生に英語でした講義を、後から日本語にしたものなので、少し読みづらいかもしれませんが…。翻訳というのは、もとの文章を読み直し、書き直し、さらには再創造することだと思います。翻訳という行為によって、自分たちの世界にはなかったものが生まれること、閉塞的な世界に希望がもたらされることに価値があると思うのです。

Q　近年では、ホロコースト文学も研究されているそうですね。

A　ホロコースト後、人間性への不信から沈黙した作家も多かった中、その沈黙を開いたのが、エリ・ヴィーゼルやパウル・ツェランなどホロコーストを体験した作家たちでした。私も翻訳したエヴァ・ホフマンは、その第二世代になります。ホロコーストの闇とは対極にある彼らの言葉の輝きは、感動的です。これは希望の文学だと言えるのではないでしょうか。

『人形の家にすんでいたねずみ一家のおはなし』マイケル・ボンド文　エミリー・サットン絵

Q　今後の抱負は…？

A　自己免疫疾患を抱えるようになって、あまり大きな新しいことはできなくなっています。でも、絵本の翻訳はなんといっても楽しいので、少しずつ続けられれば、と思います。また、私自身も先輩にそうしてもらったように、後輩の方たちが共訳する本の監訳などにも取り組み、人が育つお手伝いができれば、と願っています。良き翻訳者は良き読者を育てますし、逆もまた真なり。良き読者、良き翻訳者を応援していくことができれば、うれしいと思います。

ありがとうございました！

早川敦子　津田塾大学教授。著書に『翻訳論とは何か』（彩流社）、『世界文学を継ぐ者たち』（集英社新書）、訳書にホフマン『記憶を和解のために―第二世代に託されたホロコーストの遺産』（みすず書房）、サトクリフ『はるかスコットランドの丘を越えて』（ほるぷ出版）、ミルン『こどもの情景』（パピルス）、ボンド&サットン『人形の家にすんでいたネズミ一家のおはなし』『人形の家にすんでいたネズミ一家のおるすばん』（徳間書店）など。

私と子どもの本

第130回「初めて世界を多角的に見せてくれた本」
『モヒカン族の最後』

文：相場妙
1977年生まれ。英語およびロシア語の翻訳者として、技術翻訳を多く手がける。訳書に『〈死に森〉の白いオオカミ』（徳間書店）ほか。

家にテレビがなかったこともあって、本が唯一のエンターテイメントだった子ども時代。当時読んだ膨大な数の本の一冊一冊に、語りつくせないほどの思い出がつまっています。でも、なぜ自分がいまロシア語の仕事をしているのだろうと考えたとき、そこにはある本との出会いがありました。

それは、小学二年生か三年生のときに読んだ『モヒカン族の最後』――北米の植民地戦争のまっただなか、先住民と暮らす白人猟師が英司令官の娘たちを救出するという冒険物語です。

その頃の私はワイルダーの「小さな家」シリーズの大ファンで、丸太家の屋根裏部屋やメイプルシロップのキャンディ作りにあこがれていました。でも二巻目の『大草原の小さな家』には、ところどころにすんなりと入ってこない「なにか」があるのを感じていました。たぶんそれは、私の中に漠然とかたちづくられた、獰猛《どうもう》で薄気味の悪い先住民のイメージだったのだと思います。

そのイメージを覆《くつがえ》したのが、『モヒカン族』に出てくる先住民でした。もちろん誠実で勇敢な者たちだけでなく、卑怯で残酷な悪役もいますが、なにより『大草原』では意思疎通が難しく、得体《えたい》のしれない存在という印象だった先住民が、深い知恵と洞察に裏打ちされた豊かな言葉を話すことに、新鮮な驚きをおぼえました。彼らの姿や生きざまは美しく、その風俗や文化は尊ぶべきものと感じられました。一族最後の若者を失う場面では、滅びゆく民族の悲しい運命を前に、当時の乏しい語彙《ごい》では言い表しようのない感情をもてあまし、ただただ胸が痛かったことだけを記憶しています。

大人になった今では、『モヒカン族』も「小さな家」シリーズ同様、白人の視点で書かれたものであり、「〇〇族」や「インディアン」といった表現の問題があることもわかっています。でも当時の私にとっては先住民の側から見た世界があるということを知っただけで大発見でした。それこそ世界がひっくり返るような衝撃でした。自分がインガルス一家の目を通してしかアメリカの大きな森や大草原を見ていなかった、自分に見えている世界は一面でしかないのかもしれない、ということに気づかされたのですから。

「小さな家」シリーズは、それでもその魅力を失うことなく、今にいたるまで私にとって大切な本であり続けています。でも『モヒカン族』からだと思います、一見正しく見えることや、大多数が当然だと思っていることを疑い、メジャーな道よりもマイナーな道を選び、中心よりも周辺に目を向けるようになったのは。

日本ではマイナーともいえる言語を学んで良かったと思うことの一つに、世界史上の出来事や今日の国際的な報道を、日本や英米以外の視点からも知ることができるということがあります。世界のなんと複雑怪奇で、そして、豊かなことか。幼い頃に一つのものごとを異なる角度から見ることのできた幸運を想い、多種多様な価値観が共存できる世界であってほしいと切に願います。

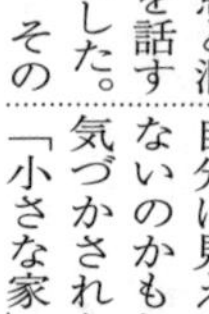

少年少女世界名作文学全集37
『モヒカン族の最後』
クーパー 原作
白木茂 訳
初版1964年
小学館 刊

上大崎発 読書案内

『大火』

編集部おすすめの本をご紹介します。

19年9月に始まったオーストラリアの大火は、20年1月末現在、まだ燃え続けていて、甚大な被害を出しています。このニュースに接したとき、すぐに思い出したのが、オーストラリアの作家サウスオールが大火の中の子どもたちを描いた『燃えるアッシュ・ロード』でした。

徒歩旅行をしていた15歳前後の三人の少年が、1月の夜、コーヒーを作ろうとしてアルコールランプを倒したことから、小さな火が北風にあおられ（南半球では北風が熱いのです）、すぐに手の負えない火事になってしまいます。逃げ出した少年たちは、知り合いのいる十数キロ離れたアッシュ・ロードへ向かいます。アッシュ・ロードは何軒かの農家が点在するだけの、町からは離れた地域で、火元との間には丘陵地帯や幅八百メートルもの大きなダムがありました。物語はそこに暮らす、亡くなった母の代わりに貧しい農夫の父と兄を支える14歳のローナ、弟妹の面倒を見る13歳のピッパ、祖父母の家に泊まっているやはり13歳のピーターなど何人かの子どもたちと、火を出してしまった少年たちとを、まるで映画のように、場面を切り替えながら時間を追って描いていきます。合間合間に、燃え広がる火事の描写が入り、緊迫感が高まります。

小さな火が燃えだしたのが深夜1時過ぎ。朝5時過ぎにはアッシュ・ロードにも警報が鳴り響き、消防隊長のローナの兄はすぐに出ていきます。初めは「火はここまでは来ない」と思い、今日のピクニックを取りやめようかどうしようか、などと話していたピッパの家でも、両親が子どもたちと話す暇もなく、近隣の大人たちとともに消火の手助けに出かけてしまいます。火が迫る中、子どもたちと老人だけが残されるのです。

映画のように、と書きましたが、もしこれが映画なら、たぶん主人公はローナの兄になり、恋愛模様なども描かれて（?）、子どもたちと老人は、「救出すべき対象」とされるのではないかと思います。でもこの本では、視点はあくまで子どもたちにあって、それぞれの子が短時間にできる限りのことをし、大きく成長し、生涯の友を見つけるようすを、短い描写で的確に描き出していきます。赤ちゃんと幼い女の子を預かった一人暮らしの老人が、せめて子どもたちだけは助けようと、二人を井戸の中に下ろし、ふたの上に「中に子どもあり」と書いて、自分は井戸のそばに腰を据え、火が来るのを待つ姿にも、胸を打たれます。「災害弱者」とされる子どもと老人が持つ人間としての力を、作者が信頼していることが感じられます。

今では日本でも、物語に登場する40度以上の気温が観測されるようになりましたが、乾燥しきったオーストラリアの夏はまったく様相が異なります。徒歩旅行の三人を見かけた大人たちが、口々に「火を使うな」「気をつけろ」と声をかけたり、大人たちが赤ちゃんまで残して、消せるうちに火を消そうと駆けつけたりするようすから、この物語が書かれた60年代から、人々がいかに火事を起こさないことや初期消火に気をつけてきたかもわかります。それなのに、今またオーストラリアで大火が広がっているとは……。1日も早く収束することを願ってやみません。

（編集部　上村）

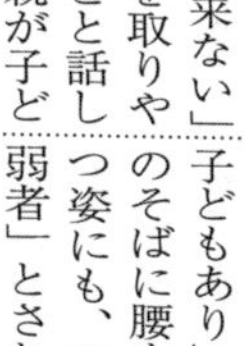

『燃えるアッシュ・ロード』
アイバン・サウスオール 作
石井桃子・山本まつよ 訳
子ども文庫の会 刊

徳間のゴホンー！

第129回「子どもたちのサバイバル」

困難な状況のなかで、子どもたちが自分なりに道を切り拓き、生き抜いていくさまを描いた本をご紹介します。

『母が作ってくれたすごろく　ジャワ島日本軍抑留所での子ども時代』は、著者の実体験に基づく写真絵本。第二次世界大戦中、ジャワ島にある日本軍の抑留所で二年間をすごしたオランダ人の著者は、母に言われ、日々の生活を絵に描いて記録していました。食事やトイレなどの不便なことも、友だちと遊ぶ楽しさも、同じように語られるのが印象的です。子どもの視点から見た戦争をリアルに知ることのできる貴重な一冊。

『ただいま！　マラング村　タンザニアの男の子のお話』は、少年ツソの物語。食べ物が少ししかもらえない、おばさんの家での生活にたまりかね、ツソは、兄と一緒に夜中に家を出ます。でも、町の人ごみで兄とはぐれ…。路上で何年も過ごすことになった少年の目から見たその生活を、やさしい語り口で追う、実話に基づいた物語。

『もういちど家族になる日まで』の主人公、十一歳のオーブリーは、パパと妹を交通事故で亡くし、ママとふたり暮らし。ところがある朝、ママがだまって出ていってしまいます。おばあちゃんに引き取られたあと、少しずつ立ち直っていく少女の姿が、一人称で描かれます。冒頭では胸がしめつけられるような語りですが、エンディングでは希望が見えます。

『ソンジュの見た星　路上で生きぬいた少年』は、北朝鮮が舞台。少年ソンジュは、軍人だった父の失脚後、飢饉のなか、家を失い、両親も行方不明に。仲間と助け合い路上生活を続けたのち、二〇〇二年に北朝鮮を離れた著者の実体験は迫力があり、長さを感じさせません。

『列車はこの闇をぬけて』は、中米の若者が希望を求めてアメリカ合衆国を目指す物語。十四歳のミゲルは、故郷グアテマラを出て、仲間とともに貨物列車の屋根に乗り、メキシコを列車で縦断します。くじけず必死に前に進んでいくミゲルたちの姿が胸に迫る、ドイツ人の作者が取材を重ねて描いた話題作。

『海辺の王国』は、一九四二年夏、空襲でひとりぼっちになった少年ハリーの物語。英国の海辺を犬とさまよっていたハリーは、その犬がケガをしたことをきっかけに、面倒をみてくれる大人に出会うのですが…。寂しさと希望の両方が心に響く一冊。

中には現在進行形の問題を扱った本もありますが、いずれも、主人公の気持ちがよく描かれた力作です。

（編集部・田代）

絵本　『母が作ってくれたすごろく　ジャワ島日本軍抑留所での子ども時代』（アネ＝ルト・ウェルトハイム文／長山さき訳）

児童文学　『ただいま！　マラング村　タンザニアの男の子のお話』（ハンナ・ショット作／佐々木田鶴子訳／齊藤木綿子絵）『もういちど家族になる日まで』（スザンヌ・ラフルーア作／永瀬比奈訳）『ソンジュの見た星　路上で生き抜いた少年』（リ・ソンジュ＆スーザン・マクレランド著／野沢佳織訳）『列車はこの闇をぬけて』（ディルク・ラインハルト作／天沼春樹訳）『海辺の王国』（ロバート・ウェストール作／坂崎麻子訳）

編集部のこぼれ話

○月×日

「おたすけこびと」シリーズの最新刊『おたすけこびととおべんとう（仮題）』は、順調に進めば、今年の五月末には刊行される予定です。

遠足の日にお弁当を忘れてしまった子どものために、おたすけこびとが大活躍！ 今作品では、なんとフェリーが登場します。船は、画家のコヨセ・ジュンジさんが以前から描きたかった乗り物だけに、いつにもまして気合いが入っているコヨセさん。見ているだけで楽しい絵が何枚も仕上がってきました。

こびとたちの乗ったフェリー、危機一髪！

月に一度行われる進行中の絵や言葉について細部にわたって話し合う「おたすけ会議」では、議論が白熱。会議の様子を詳しく知りたい方は、文章を担当されているなかがわちひろさんのブログ「ときたま日記」をのぞいてみてください。

URLはこちら

→http://chihiro-nn.jugem.jp/

●『マップス』著者が「東京マップ」を描きおろし！ 特製カレンダーを作りました。

『マップス 新・世界図絵 愛蔵版』の著者ミジェリンスキ夫妻が、昨年来日した経験を踏まえて描いた描きおろし「東京マップ」が、雑誌アニメージュ二月号（一月十日発売）に掲載されました。

また、この東京マップを使って、カレンダーも作りました。書店さんで開催中の、徳間・児童書「入園入学フェア」の特典になっています。在庫がなくなり次第、フェアは終了になりますので、ご了承ください。

ミジェリンスキ夫妻が描きおろした「東京マップ」を使った4月始まりの特製カレンダー。新国立競技場やレインボーブリッジなどの東京の名所や、東京に生息する動物などを夫妻に描いていただきました。

●アニメ「ムーミン谷のなかまたち」KADOKAWA・徳間書店合同のキャンペーン実施中！

アニメ絵本『ムーミン谷のなかまたち リトルミイがやってきた』と合わせて、『ムーミン谷のなかまたち 豪華版Blu-ray-BOX』『同 豪華版DVD BOX』『同 DVD通常版』（KADOKAWA）のいずれかをお買い求めのうえ、封入の応募ハガキに、アニメ絵本のオビについている応募券を貼ってご応募いただくと、抽選で、豪華ムーミングッズをプレゼントいたします。

詳細はこちら

→https://moomin-nakama.jp/campaign/

●「長くつ下のピッピの世界展」鳥取で開催！

四月五日（日）～五月六日（水・祝）まで

鳥取県立博物館

詳細はこちら

→http://www.pippi-ten.com/

メールマガジン配信中！

ご希望の方は、左記アドレスへ空メールを！（件名「メールマガジン希望」）

→tkchild@shoten.tokuma.com

児童書編集部のツイッター！

ツイッターでは、新刊やイベントなどの情報をお知らせしています。

→@TokumaChildren

絵本3月新刊

ムーミンのおはなしえほん

春がきたよ、ムーミントロール

3月刊

絵本

トーベ&ラルス・ヤンソン 原作・絵
当麻ゆか 訳
27cm／26ページ
5歳から
定価（本体一五〇〇円＋税）

ムーミン谷は冬。なにもかもが雪にうもれ、ムーミン一家も冬眠していました。

ところが、パタンパタンという音がしたせいで、ムーミントロールは、目をさましてしまいました。玄関のドアが開いて、音をたてていたのです。

見ると、家からでていく小さな足跡が雪の上についています。ちびのミイが、外にでかけたにちがいありません。

ムーミントロールは、ミイの足跡をおいかけていきました。

外の景色は、いつもとはまるでちがう世界のようで、なんだかこわくなってきます。

いつのまにか足跡を見失ったムーミントロールは、海辺で、トゥーティッキと会い、「もう春はこないんじゃないかな」と不安な気持ちを打ちあけました。

ムーミントロールは、ちびのミイを見つけて、春をむかえることはできるのでしょうか？

春のいちばんさいしょの日を描いたムーミン谷の絵本です。

■好評既刊

ムーミンのしかけ絵本

トーベ&ラルス・ヤンソン 原作／当麻ゆか 訳

ムーミンの
いないいないばあの
えほん

しかけをめくって、かくれんぼしているムーミン一家をさがしましょう。

18cm／10ページ／1歳から／定価（本体一〇〇〇円＋税）

あなあきしかけえほん
ムーミンと
ほしにねがいを
かけよう

穴から顔をのぞかせた、十このお星さまに願いをかけると、星が一つずつ消えていき…？

21cm／22ページ／1歳から／定価（本体一四〇〇円＋税）

ムーミンの
ボートでおでかけ
めくってさがすえほん

ムーミンやしきのみんなは、さがしものをしているみたい。なにをさがしているのかな？

23cm／15ページ／1歳から／定価（本体一三〇〇円＋税）

ムーミンの
ゆびでたどろう！
えさがしえほん

指で、ページのみぞになっている線などをたどって一緒にスナフキンをさがしましょう！

23cm／10ページ／1歳から／定価（本体一三〇〇円＋税）

児童文学3月新刊

ぼくたちがギュンターを殺そうとした日

3月刊　文学

第二次世界大戦終戦直後、混乱期のドイツの農村。十代前半の少年たちは、ある日、難民の子ギュンターをいじめてしまう。ギュンターはそのことを誰にも訴えないが、大人にばれるのを恐れた仲間のリーダーは、「あいつを殺そう」と言い出す。表立って反対することができない主人公フレディは、隣家の年上の少女に助けを求めるが…？

子どもたちの間の同調圧力といじめ、大人が果たすべき役割など、現代にも通じる少年たちの問題を戦争の影の下に描き出す、名手による緊迫の群像劇。「なぜ、殺してはいけない？　戦争のとき、大人はたくさん人を殺したじゃないか」という子どもたちの問いを、大人はどのように受けとめるべきなのか…？

人間を深く見つめる作者が、危機的状況におちいった少年たちを温かく見つめ、ヨーロッパで感動の渦を巻き起こした、ドイツ発の話題作。各賞を受賞したロングセラー『川の上で』の著者の新作です。

ヘルマン・シュルツ作
渡辺広佐訳
B6判／160ページ
十代から
定価（本体一四〇〇円＋税）

■好評既刊　ほのぼのした物語

パイパーさんのバス

パイパーさんは、路線バスの運転手。ある日、迷い犬がアパートまでついてきて、つぎに、ねことひよこもやってきて、いっしょにくらすことになりました。でも、大家さんに、動物たちを追い出すようにいわれてしまい…？　おんぼろバスに乗って旅に出た、パイパーさんの、ほのぼのと心あたたまるお話。

エリナー・クライマー作／クルト・ヴィーゼ絵／小宮由訳／A5判／144ページ／小学校低中学年から／定価（本体一四〇〇円＋税）

おすのつぼにすんでいたおばあさん

湖のほとりのお酢のつぼの形をした家に、おばあさんが貧しくても幸せに暮らしていました。ある日、助けてあげた小さな魚の王さまに、何でも願いをかなえてあげようといわれたおばあさんは、次第に欲が出てきてしまい…？

作者ゴッデンの家に語り継がれてきた昔話。豊富な挿絵が物語に奥行きを与えています。

ルーマー・ゴッデン文／なかがわちひろ訳・絵／A5判／112ページ／小学校低中学年から／定価（一二〇〇円＋税）

絵本4月新刊

クラシック・ムーミン絵本

ムーミントロールと小さな竜

4月刊 絵本

原書表紙

トーベ・ヤンソン原作
セシリア・ダヴィッドソン文
セシリア・ヘイキレ絵
オスターグレン晴子訳
27㎝／32ページ／5歳から
定価（本体一九〇〇円＋税）

短編集『ムーミン谷の仲間たち』所収の「世界でいちばんさいごの竜」が、一冊の絵本になりました。

ある日、ムーミントロールが、池で虫をつかまえようとしてしずめたガラスびんの中に、小さな竜が入っていました。はじめて見る竜は、緑色の体に金色の羽をした美しいいきものです。

竜をペットにすることに決めたムーミントロールは、自分の部屋に持ち帰りました。でも、ガラスびんのふたをあけると、竜はおこったように、ムーミントロールにむかって小さな炎をはきます。

竜は、家じゅうのみんなにかみつくし、ムーミントロールにも、ぜんぜんなついてくれません。

ところが、親友のスナフキンの肩には自分から飛び乗って、ごろごろのどをならしています。なんだか複雑な思いのムーミントロールでしたが…？

ムーミントロールとスナフキンの友情を、一匹の竜を介して描いたお話です。

■好評既刊　春におすすめ！

ようこそ森へ

カケスの住む森にやってきた家族。テントを張ってたき火をおこし、星を見ながらごはんを食べるんだ。ここは本当にいいところ…。

キャンプ生活の楽しみをカケスの視点から描いた画期的な作品。〈ようこそ自然へ〉シリーズの春の本。

ボローニャ国際児童図書展グラフィック賞受賞作。

村上康成作・絵／31cm／40ページ／5歳から／定価（本体一五〇〇円＋税）

さんびきのくま

三匹のくまがお散歩をしている間に、きんいろまきげちゃんという名前の女の子がくまの家にやってきました。女の子はくまのおかゆを食べ、いすにすわり、ついにはベッドで、くうくぅと眠りこけてしまいます。そこへくまたちが帰ってきて…。

「有名な昔話に新しい命を吹きこんだ」と絶賛された絵本です。

バイロン・バートン文・絵／なかがわちひろ訳／24cm／32ページ／3歳から／定価（本体一三〇〇円＋税）

児童文学4月新刊

(仮)ぼくのうちに幽霊がきた日　4月刊　文学

一九二二年のひどく暑い夏、十二歳の少年ウェイドが暮らすテキサスの小さな町に、カーニバルがやってきた。町は小さくて退屈だ。大農場主の息子ケイレブが幅をきかせ、ウェイドと兄のジョーに嫌がらせをしてくる。去年、ジョーはケイレブに腕を折られた。

　ふたりの父さんは、第一次世界大戦に行ったきり、終戦後五年もたつのに、帰ってこない。ジョーは、カーニバルの観覧車から町を見下ろし、「こんな小さな町、父さんが帰って来なかったのも仕方ない」といった。

　ウェイドはカーニバルで、蝋人形などが並ぶ〈恐怖の博物館〉にひとりで入った。偽物のオオカミ男などが並び、インチキで子どもだましの見世物小屋だ。呆れて出ようとしたが、最後の展示物、撃たれて叫ぶ兵士の人形に釘付けになる。

　そして、その晩も翌晩も、その兵士の幽霊が、家の寝室に現れた。幽霊は、軍隊に入るよう、兄さんをそそのかす。兄さんは、ケイレブへ仕返しをした上、カーニバルにくっついて、本当に町を出ようとするが…。

　父不在のなか、自分なりに兄や母を見つめる少年の気持ちを描きだす。英国の気鋭の作家による、ちょっと怖くてふしぎな味わいを残す物語。

キース・グレイ作
野沢佳織訳
金子恵　絵
B6判／128ページ
小学校中高学年から
定価（本体一四〇〇円＋税）

■好評既刊　物語の名手　キース・グレイの本

ジェイミーが消えた庭

夜。ジェイミーとぼくは、連なって並ぶよその家の庭を駆けぬける。住人に目撃されたらアウト。ぼくらの大好きな遊び。だが、ある夜、ぼくがへまをしてジェイミーが警官に捕まるはめに。そして、ぼくが思い悩んでいるうちに、取り返しのつかないことが…？

　少年たちの喪失と友情と勇気を描く。宮崎駿監督がすすめる一冊。

　野沢佳織訳／B6判／208ページ／小学校中高学年から／定価（本体一四〇〇円＋税）

ロス、きみを送る旅

十五歳の少年ブレイク、シム、ケニーは、親友ロスの死がショックだった。形ばかりの葬式に、ささやかれる自殺説。「あいつのことをわかってるのはぼくらだけだ」三人は遺灰を抱え、ロスが行けなかった町をめざす。それが本当の葬式になると信じて。ところが…？

　イギリスの気鋭の作家が、少年たちの繊細な友情を鮮やかに描いた本。

　野沢佳織訳／B6判／320ページ／十代から／定価（本体一六〇〇円＋税）

◆読者のみなさまへ◆
「子どもの本だより」を定期購読しませんか？

徳間書店の児童書をご愛読いただきありがとうございます。編集部では「子どもの本だより」の定期購読を受けつけています。お申し込みされますと二カ月に一度「子どもの本だより」をお送りする他、絵本から場面をとった絵葉書（非売品）などもお届けします。ご希望の方は、六百円（送料を含む一年分の定期購読料）を郵便振替（加入者名・㈱徳間書店／口座番号・００１３０・３・１１０６６５番）でお振り込みください（尚、郵便振替手数料は皆様のご負担となりますので、ご了承ください）。

ご入金を確認後、一、二カ月以内に第一回目を、その後隔月で「子どもの本だより」（全部で六回）をお届けします（お申し込みの時期により、多少、お待ちいただく場合があります）。

また、皆様からいただくご意見や、ご感想は、著者や訳者の方々も、たいへん楽しみにしていらっしゃいます。どうぞ、編集部までお寄せ下さいませ。

読者からのおたより

●このコーナーでは編集部にお寄せいただいたお手紙や、愛読者カードの中からいくつかを、ご紹介しています。

●児童文学『ねこと王さま』

王様が次はどんなことができるようになるのかワクワクして、とても読むのが楽しかったです。

（福岡県・T・Yさん・十歳）

●絵本『もりのおうちのきいちごジュース』

動物たちの愛らしい言葉のやりとりや、対話の種を育てていく会話…。絵本の中には、そうした心と心のふれあいがあるんだよなあー、と改めて感じさせられた本でした。

イスラエルで古くから読み続けられている本と知り、絵本がきらっと光っているようで、出合えてうれしくなりました。ありがとうございました。

（神奈川県・戸高優美さん）

●絵本『ぎょうれつ　ぎょうれつ』

どうしても、大人の都合を子どもに強いてしまいがちなのですが、子どもには子どもの世界があって、それを大切にしてあげなければならない、ということに気付かされました。子どもの個性や感性を伸ばすことは、親の一番の役目です。そういうことを改めて認識させてくれた、この本との出合いに感謝します。

また、最後の母親の対応もとても理想的で、このお母さんの言葉を、いつも心に留めておきたいと思いました。（東京都・杉田萌《も》恵《え》さん）

●絵本『おたすけこびと』

三歳の息子のリクエストで購入しました。保育園で読んでもらって楽しかったそうです。重機が大好きな息子はイラストの細部までじっくり見ます。食べものが大好きな妹（一歳）は、ケーキができあがっていくたびに手をたたいてよろこびます。息子と娘、二人一緒に楽しめる本です。（千葉県・W・Aさん）

●アニメ絵本『千と千尋の神隠し』

映画を観たことのない三歳の娘と読みました。絵がコマのようになっているので、読んでるシーンを指差しながら読み聞かせるのですが、映像が目に浮かぶくらいしっかりと編集されているので、とっても楽しいです！　読み聞かせるには長いですが、ついつい最後まで全力で読んでしまいます！（神奈川県・T・Rさん）

たときに、さっそくつかまってしまったし。その点、マーシャル・カブは利口《りこう》なのよ。意地は悪いけれどね。でも、だからって、息子のケイレブがお父さんと同じように利口《りこう》だとはかぎらない。頭のよさをまねるのは、意地の悪さをまねるほど、かんたんではないのよ」

ぼくは母さんのむかいがわにすわった。

「それでケイレブはあんなふうに意地悪なの？　お父さんのようになりたいってだけの理由で？」

母さんはうなずいて、いった。

「お父さんのまねをしたいのよ。男の子にはそういう子が多いわ」

ぼくはちょっと考えてから、「ぼくもそう？」と、きいた。

「ウェイドはそこまでお父さんのことを知らないでしょう。でも、あと二、三年、お父さんといっしょにすごしていたら、そうなっていたかもしれないわね」

ぼくはおそるおそる、つぎの質問《しつもん》を口にした。

「父さんって、どんな人だった?」

母さんは目をとじた。まるで、そうしたほうがよく思い出せるとでもいうように。それから大きく息を吸《す》った。

ぼくはこわくなった。母さんが泣《な》きだすんじゃないかと思ったのだ。でも、母さんはかすかにほほえんで、いった。

「明るくてよく笑《わら》う人だったけど、いつもごきげんってわけじゃなかった。がんこだけど、やさしいところもあった。ハンサムだったわ。気まぐれで、いろんなことをつぎつぎに思いついて、それをためしてみたくてがまんできなくなるの。いつだって地平線のむこうを見ていたわ、自分の足もとではなくて」

「ジョーみたいに?」ぼくはたずねた。

母さんは少し涙《なみだ》ぐんで、「そうかもね」といった。

ぼくは母さんに泣《な》いてほしくなかったから、にっと笑《わら》って、「ぼくも、もっと父さんやジョーみたいになろうかな」といった。だけど、母さんをよけい悲しくさせてしまったみたいだった。

母さんがいう。

「あら、ウェイドだってかなり父さんに似《に》てるわよ、わたしにいわせればね。とっぴなことを思いついたり、想像《そうぞう》をどんどんふくらませたりするところが、そっくり。それはたしか。

だから心配なのよ。息子たちがみんな、父親と同じように考え、同じようにふるまったらどうなるんだろう、って。それがずっとつづいたら、同じことのくりかえしで、何も変《か》わらない気がするの」

母さんはエプロンのはしで涙《なみだ》をぬぐうと、ぼくの目をまっすぐ見て、いった。

「あなたはあなたの道を行きなさい、ウェイド。だれかのまねじゃなくてね。わたしにいえるのはそれだけ」そして、母さんはぼくをベッドに行かせた。

ぼくは横になって、銀色の月明かりの帯《おび》が天井《てんじょう》に長くのびているのを見つめ、ジョーが眠《ねむ》りながらハアハアと荒《あら》い息をしたり、低《ひく》くうなったりするのを聞いていた。そして、母さんがいったことを、はじめから思いかえした。母さんがいっていたことは、少しは理解《りかい》できたけど、ぜんぶはわからなかった。

それから、ふと思った。父さんは本当に、ジョーがいうように、ぼくたちのところへ帰ってくるんだろうか。

たぶん、父さんのことを考えたせいだろう。父さんがふいに入ってきてくれないかな……と、思ってしまったのかもしれない。ぼくは部屋のドアのほうへ目をやった。そして、ぎくっとした。だれかがドアのかげに立っていたのだ。男の人。兵士《へいし》だ。でも父さんじゃない。

暗かったけど、ぼくには見えた。ぴんとはった皮《ひ》ふと、恐怖《きょうふ》に大きくあいた口。さけんでいる。軍服《ぐんぷく》も見えた。胸《むね》にあいた銃弾《じゅうだん》の穴《あな》も。

〈恐怖《きょうふ》の館《やかた》〉で見た「最後《さいご》の兵士《へいし》」が、ドアのかげから部屋の中をうかがっている。目をしきりに動かし、何かをさがしている。そして、ぼくに目をとめた。

ぼくはさけぼうとした。でも、のどがつまって声が出ない。体もぜんぜん動かなくて、やっとのことで目だけはとじた。

兵士《へいし》が足をひきずって、ゆっくり近づいてきた。軍用《ぐんよう》ブーツが床《ゆか》をこする音が聞こえる。すぐそばまで来た。

ようやく声が出た。

「来るな！」

ジョーがいきなり起きあがったかと思うと、「なんだ？　どうした？」とさけび、つぎの瞬間《しゅんかん》、うっ、とうめくのが聞こえた。けがしたところにひびいたんだろう。それでも大きな声で「ウェイド？」と、声をかけてくる。

だけど、もう、兵士《へいし》はいなくなっていた。

「あいつ、ついてきた――」息が切れて、うまくいえない。「うちまで、ついてきたんだよ」

ジョーはあきれたようにため息をつくと、いった。

「こわい夢《ゆめ》を見たからって、起こすなよ。こっちだって悪夢《あくむ》みたいな目にあったんだからな」

そのあと長いあいだ、夜の暗い部屋で、ぼくたちは横になったまま、だまっていた。それぞれ、もう悪夢《あくむ》はかんべんしてくれ、と思いながら。

8．父と息子

そのあとも、よく眠《ねむ》れなくて、父さんが檻《おり》に入れられている夢《ゆめ》を見た。

大勢《おおぜい》の人が、先をあらそって父さんを見ようとしていた。父さんのことをひと目見るために、いいあらそい、押《お》しあいへしあいしている。父さんは檻《おり》の格子《こうし》をつかんでゆらし、さけんでいる。

「出してくれ。うちに帰らないと。出してくれ。うちに帰りたいんだ」

目をさましたとき、頭がくらくらして、泣《な》きたいような気持ちだった。

ジョーのベッドはからっぽだ。

キッチンから男の人の声がして、ぼくはベッドから飛《と》びだした。「最後《さいご》の兵士《へいし》」のすがたが頭をよぎる。でも、すぐ自分にいい聞かせた。ゆうべのことは、本当にあったことじゃない。「最後《さいご》の兵士《へいし》」がドアのかげにいたと思ったけど、きっとこわい夢《ゆめ》を見ただけだ……。

そのうち、キッチンから聞こえてくるのはガンサーさんの声だと気づいた。ぼくは服を着かえながら、自分がとんでもないまぬけに思えた。

ジョーの新しい靴《くつ》が、ベッドの下の床《ゆか》に、きちんとそろえて置《お》いてある。ぼくはそっと部屋の反対がわまで行って、その靴《くつ》をはいてみた。ぼくにはまだぶかぶかで、がっかりしたけど、おどろきはしなかった。靴《くつ》をぬぎ、はいたことをジョーに気づかれないように、もとどおりきちんとそろえた。

今日もまた蒸《む》し暑《あつ》い。キッチンには、かなりまえにいれたらしいコーヒーのにおいが立ちこめ、母さんが両手でカップを持ってテーブルにむかっていた。ひどく疲《つか》れているみたいだ。

「ジョーがどこへ行ったか、知ってる？」母さんがきいてきた。

ぼくは、知らない、と首を横にふることしかできなかった。

母さんはぼくをじっと見た。ジョーがいないのはぼくのせいだとでもいうように。そしていった。「わたしはもう仕事に行かないと、遅刻《ちこく》しちゃうわ」

母さんは、ランズデールに一軒《けん》しかないホテルで、メイドとして働《はたら》いている。どんな仕事だとしても、仕事があるだけ、どんなに運がいいか、ぼくたちはみんなわかっていた。母さんがぼくにいう。

「ジョーのかわりに、お店でガンサーさんを手伝《てつだ》ってね。ジョーがどこかへ行ってしまったから。でも、あの子を見かけたら、夕食の時間にはかならずうちにいるように、いってちょうだい。母さんが、話があるといってたって」

母さんはずんずんドアを出ていき、ガンサーさんとぼくは、母さんがいそいで階段《かいだん》をおりていく足音を聞いていた。

「じゃあ、いっしょに来てくれるかい？」ガンサーさんがいった。

ぼくは朝食がわりにリンゴをひとつつかむと、いわれたとおり、ガンサーさんについて外階段《そとかいだん》をおりた。

その日の午前中、店に来る人たちのうわさ話は、カーニバルのことばかりだった。それと、ゆうべジョーがひどく痛《いた》めつけられたことだ。まるで、町の人の半数があの場面を見ていたみたいだった。やってくるお客はひとりのこらず、ジョーはどうしてる？　と、ガンサーさんにきいた。

「あいつはそうかんたんにめげないさ」ガンサーさんはそういって、お客のくしゃくしゃの髪《かみ》の毛《け》を切ったり、たるんだあごのひげを剃《そ》ったりした。「父親に似《に》たんだな。やりかえそうなんて思わなきゃいいが」

最後《さいご》のひとことは、ぼくにむけていったんじゃないかと思う。ぼくからジョーに伝《つた》えてほしいと思ってるんだ。

ぼくは床《ゆか》をほうきではき、鏡《かがみ》をみがいた。ずっと下をむいて、お客たちとガンサーさんの話をひとことも聞きもらさないようにした。

ガンサーさんが、あるお客にこう話していた。

「ゆうべ、マーシャル・カブに会いにいったんだ。ジョーのおふくろさんが、とりみだしていたんでね、わたしが話をしてこようといったのさ。ジョーは、ひどく痛《いた》めつけられていた。血だらけ、あざだらけで、まったくひどいありさまだったよ。だから、ケイレブの父親と、男どうしで話さなきゃと思ってね。ところが、父親はなんていったと思う？　『男の子なんて、そんなもんだろう』というんだ」

お客はうーむ、とうなり、鼻にしわをよせると、いった。

「わが子をかばおうとするのは、まあ、しょうがないわな」

ガンサーさんは肩《かた》をすくめた。

「そのうえ、ジョーが先に手を出した、とまでいうんだ。それはいいすぎってもんだろう」

「そんなのうそだ」ぼくは思わず口をはさんだ。

ガンサーさんもお客も、こっちをむいて、ぼくをじっと見た。

ぼくはいった。

「ジョーは先に手を出してなんかいないよ。それに、あっちはひきょうだった。二対一だもの。ケイレブひとりじゃなくて、サニー・コリンズもいたんだ」

そのお客は、名前も知らない人だったけど、いすをぐるりとまわしてぼくのほうをむくと、人なつっこい表情《ひょうじょう》でウィンクして、いった。

「コリンズのガキは、カーニバルで店を出してる連中《れんちゅう》から金をぬすんで、つかまったって話だ。カーニバルの連中《れんちゅう》は、ぬすみをするやつに容赦《ようしゃ》がない。だから、サニーのことは心配いらないよ。もう今ごろは、どこかの監獄《かんごく》でおやじさんと仲《なか》よくやってるさ」

「『親が親なら、子も子』ってわけか」ガンサーさんがいった。

昼どきになると、店にはお客がいなくなった。ガンサーさんが、ジョーをさがしにいくなら今だぞ、といってくれた。でも、ぼくはここ何日か父さんのことばかり考えていて、どうしてもガンサーさんにきいておきたいことがあった。

「あの、ガンサーさん、母さんと結婚《けっこん》するんですか？」

ガンサーさんはかなりめんくらったらしく、もごもごと答えた。

「そ、それは、今ここで話すことじゃないな……ウェイド」

ぼくは別《べつ》のことをきいた。

「父さんは帰ってくると思いますか？」

「きみのお父さんを知っている者はみんな、帰ってきてほしいと心から思っているさ。正直で、気持ちよくつきあえる男だった。だからこそ、きみのお母さんは、お父さんがもうもどってこないなんて、どうしても考えたくないんだろう。しかし、必要《ひつよう》なときはいつでもわたしが助けになるってことも、お母さんはわかってくれていると思う。きみやジョーもわかってくれているだろう？」

ぼくはうなずいて、「はい、ガンサーさん」といった。そして、それが自分の正直な気持ちだと気づいた。ガンサーさんならきっと本当のことを教えてくれると思ったので、もうひとつきいてみた。

「父さんは、どうしてこの町を出ていったんですか？」

ガンサーさんはじっくり考えてから、答えてくれた。

「きみのお父さんはいい人で、仕事に集中しているときは腕《うで》もたしかだった。だが、ときどき、そわそわして、家をはなれたくなるようだった。軍隊《ぐんたい》に入るのは、冒険《ぼうけん》したいという気持ちにけりをつけるためだといっていたよ。そして、戦地《せんち》からもどったらきっと落ち着いてくらせると、心から思っていたんだ。ふつうのくらしに満足《まんぞく》できるようになる、とね」

「父さんはもう、もどってはこないと思っているんですね？」

ガンサーさんはぼくの目をまっすぐ見て、肩《かた》に手を置《お》いた。

「もどれるものなら、とっくにもどってきているはずだと思う」

ぼくとガンサーさんは、しばらくそのまま立っていた。それから、ぼくは、ジョーをさがしにいく、といって、外に出た。そして、だれにも見られないよう、裏手《うらて》の外階段《そとかいだん》の下にもぐりこんで、泣《な》いた。ほんの少しのあいだ、涙《なみだ》を流して、気持ちを立てなおした。

そのあと、ジョーをさがして、ぼくたち兄弟のひみつの場所をまわった。コッパー通りの木の上の小屋や、ギヴン・ヒルという小高い丘《おか》のふもとの納屋《なや》なんかを。だけど、ジョーはいなかった。そこで、ほかにジョーが行きそうなところを何カ所か考えて行ってみたけれど、どこにもジョーの姿《すがた》はなかった。

その晩《ばん》の夕食は、母さんとふたりきりだった。ふたりとも、だまったまま食べた。ぼくは、目かくしをしてサボテン畑を歩いてるみたいに、びくびくしていた。

ジョーがやっと帰ってきたのは、ぼくがベッドに入ったあとだった。

母さんが大声でジョーをしかりつける声が聞こえた。そのあと、母さんはこごとをいいながら、泣《な》きだしてしまった。ぼくはそんな母さんの声を聞きながら、大変《たいへん》だな、と思った。父さんがするようなことも、しないといけないんだ……。

ジョーがベッドに入ると、ぼくはひそひそ声でたずねた。

「どこに行ってたの？　一日じゅう、どこにいたんだよ？」

「またカーニバルに行ってた」と、ジョー。

「ケイレブをさがしに？」

「いや、ぬけだす方法《ほうほう》をさがしに」

「どういう意味だよ？」

暗い部屋の中で、ジョーが寝返《ねがえ》りを打つ音がして、こちらに背《せ》をむけたのがわかった。ジョーはひとこと、「もう寝《ね》ろ」といった。

でも、ぼくは眠《ねむ》れなかった。横になったまま、暗やみの中で、あれこれ考えていた。

ジョーが何度か寝返《ねがえ》りを打つ音がして、やがていびきが聞こえてきた。ぼくのほうは、すっかり目がさえてしまっていた。

おかげで、また、恐《おそ》ろしいものを見るはめになった。

9. 悪夢《あくむ》、ふたたび

恐怖《きょうふ》に見ひらいた目。何かさけんでいる大きな口。「最後《さいご》の兵士《へいし》」が、暗がりからあらわれた。軍用《ぐんよう》ブーツの底《そこ》が木の床《ゆか》にこすれる音がする。

あまりの恐《おそ》ろしさに、ぼくはベッドから出られない。まばたきもできない。息もできない。

兵士《へいし》が足をひきずって近づいてくる。何かさがしてるみたいに目をしきりに動かし、ぼくを見つけた。重たいブーツの音をひびかせてゆっくりベッドのそばに来ると、ぼくを見おろした。

骨《ほね》と皮ばかりの手がのびてくる。指はまがっていて、つめは先のほうが欠《か》け、中に黒い土がつまっている。それににおいもする。まえにジョーと線路のわきで見つけた、犬のつぶれた死骸《しがい》と同じにおいだ。くさい息がぼくの顔にかかる。

ぼくはさけぼうとした。

「ジョー。ジョー、起きて。助けて」こわくて、のどがつまり、声がまともに出ない。

ジョーはぶつぶついっただけで、目をさまさない。

兵士《へいし》は、ジョーがベッドにいることにたった今気づいたらしく、ぎくしゃくとぼくから顔をそむけ、すばやくジョーのほうを見た。

ぼくははじめて、「最後《さいご》の兵士《へいし》」をうしろから見た。軍服《ぐんぷく》の上着が一カ所、やぶれてちぎれかけていて、背中《せなか》の大きな黒い穴《あな》が見える。その奥《おく》には、ぎざぎざの骨《ほね》。兵士《へいし》の命をうばった弾丸《だんがん》が、貫通《かんつう》したところだ。穴《あな》は、胸《むね》の小さな穴《あな》の三倍、いや、四倍くらいある。

兵士《へいし》はよろよろと、眠《ねむ》っているジョーに近づいていく。重いブーツが床板《ゆかいた》を打ち、ひっかく。兵士《へいし》の頭が、細い首の上でぐらぐらゆれる。

「ジョー」ぼくはさけぶ。「起きろってば。ジョー！」

ジョーがびくっと体を起こす。口をあけ、息を吸《す》いこみ、さけぼうとする。その瞬間《しゅんかん》、兵士《へいし》がジョーのひたいに手をあてた。ごわごわした手のひらでジョーの頭を押《お》さえ、鼻がくっつきそうなほど顔を近づける。ジョーはさけぼうとしたが、声にならない。

「最後《さいご》の兵士《へいし》」が、ジョーに何かいった。なんといったのか、ぼくには聞こえない。息のまじったひそひそ声で、きつい調子で、ジョーに耳打ちした。

ジョーは、ただうなずいた。ぼうっとしているみたいだ。

つぎの瞬間《しゅんかん》、兵士《へいし》は消えてしまった。あまりにあっけなく、まるでカーニバルで見る手品のようだった。

そして、ジョーはまたぐっすり眠《ねむ》っていた。

ぼくは寒気《さむけ》を感じながらベッドを出ると、はうようにしてジョーのベッドのほうへ行き、そばにひざをついた。大きな声で二度、ジョーの名前を呼《よ》び、体をゆすって起こした。

「なんだよ？　いいかげんにしろ、ウェイド。眠《ねむ》らせてくれ」ジョーが怒《おこ》っていった。

「あいつがここに来た。ジョーに話しかけてた」

ジョーは枕《まくら》を裏《うら》がえして、ひんやりしたほうを上にすると、何度かたたいて平らにした。

「寝《ね》ろよ、ウェイド。夢《ゆめ》でも見たんだろ」そういって、また頭を枕《まくら》にのせる。

「『最後《さいご》の兵士《へいし》』が来たんだよ。カーニバルの〈恐怖《きょうふ》の館《やかた》〉からぬけだしてきたんだ。ジョーに何かいってきただろ」

「おまえ、変《へん》な本の読みすぎだ」と、ジョー。目をとじて、今にもまた眠《ねむ》ってしまいそうだ。

でも、ぼくは横になりたくなかった。もう、一秒たりとも眠《ねむ》る気はなかった。夜どおし床《ゆか》にすわって、壁《かべ》に背《せ》をもたせかけ、ドアを見はっていた。

そして、空が白みはじめたころ、ようやく思いきって目をとじた。

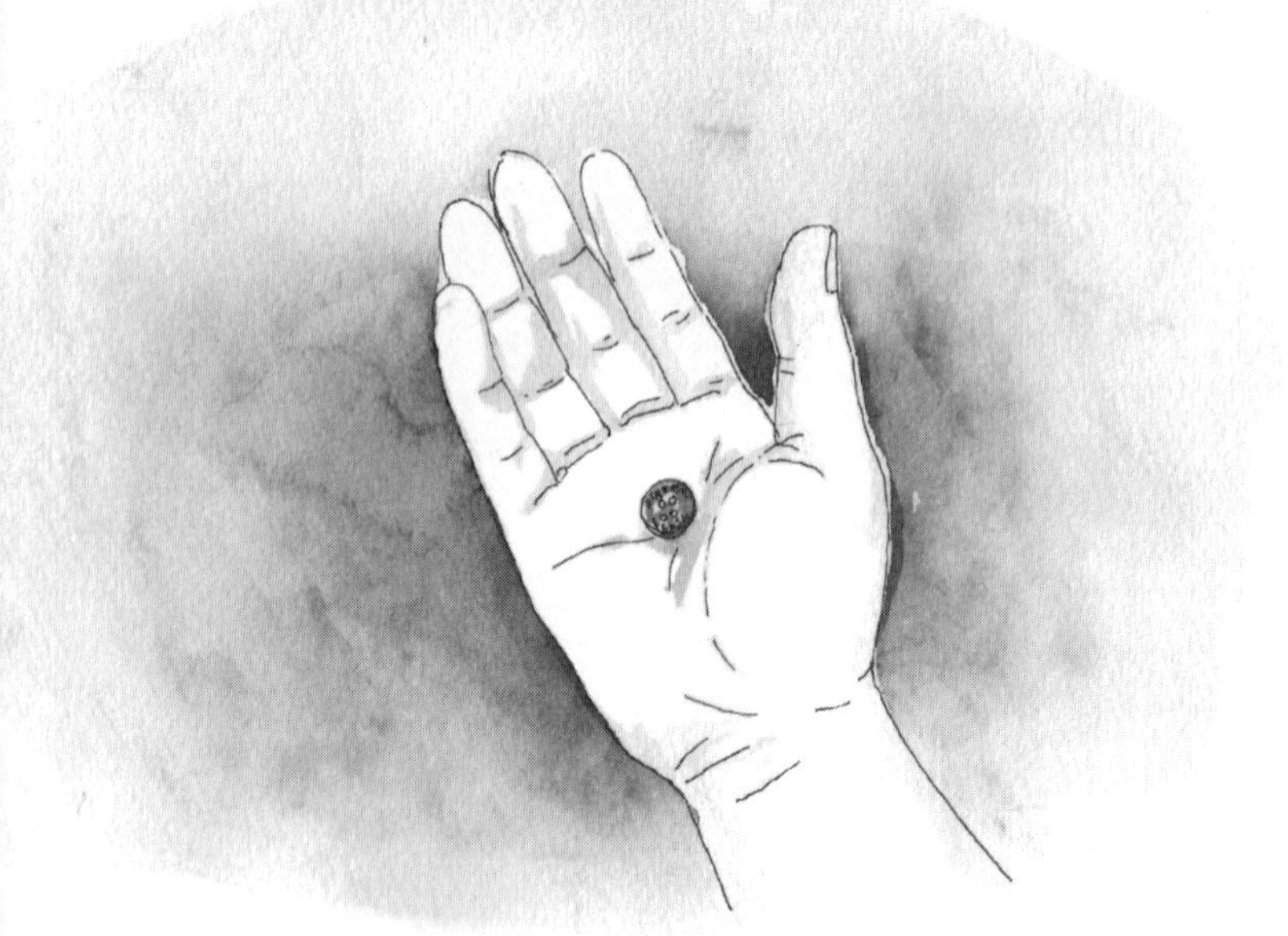

10. 銀色のボタン

朝になって、目がさめたのは、雨の音のせいか、キッチンから聞こえてくるどなり声のせいか、わからなかった。

雨がはげしくふっていて、屋根に鉛《なまり》の弾丸《だんがん》がふりそそいでるみたいな音がする。それに、荒々《あらあら》しいののしり声がキッチンにひびいていて、まるでうちが、酔《よ》ったカウボーイのひしめく酒場になってしまったかのようだった。こぎれいな理髪《りはつ》店《てん》の二階の、ふつうのうちとは、とても思えない。

ジョーのベッドはからっぽだった。こ

れで二日連続《れんぞく》だ。床《ゆか》に置《お》いてあった新しい靴《くつ》もなくなっているのに気づくと、ちょっと心配になった。

ほとんど眠《ねむ》っていないから、だるかったけど、汗《あせ》まみれのシーツをのけて起きだし、キッチンの騒《さわ》ぎを見にいった。そうしていれば、夜のあいだに見たことを考えなくてすむと思ったのだ。もしかしたら、あれは気のせいだったのかもしれない……。

キッチンでは、ガンサーさんがすごいけんまくで、口ぎたなくののしっていた。髪《かみ》の毛《け》が少しでものこっていたら、自分でぜんぶひっこぬいてしまいそうなほど、かっかしている。母さんがなだめようとしているけど、ガンサーさんの怒《いか》りはおさまらない。

「ともかく見にきてくれ」ガンサーさんは一瞬《いっしゅん》、ののしるのをやめていった。

「その目で見てくれ。役立たずのちんぴらどもが、うちの店に何をしたか」

母さんはレインコートを手に取り、広げて頭の上にかざしながら、ガンサーさんにつづいて外階段《そとかいだん》をおりた。ぼくもついていった。

雨がものすごい勢《いきお》いでふきつけてくる。ひと月以上《いじょう》もかんかん照《で》りがつづいたあと、空のどこかにせきとめられていた雨が一気に落ちてきたかのようだった。通りが、川みたいになっている。

雨は、ガンサーさんの店の中にも大量《たいりょう》にふきこんでいた。入り口のドアがたたきこわされてしまったからだ。

母さんがいう。

「まあ、いったいだれが……？　ひどい。ほんとにひどい。なぜこんなことを？」

ガンサーさんは怒《いか》りで目をまっ赤にして、いった。

「わたしの店を、商売をめちゃくちゃにしやがって――これじゃ一文無《いちもんな》しになってしまう。あんまりだ！」

「でも、なぜ？　だれが？」と、母さん。

ガンサーさんは、「こんなものが落ちていた」といって、片手《かたて》をさしだした。

「シャツのボタンだ。わたしのものじゃない。だれか知らないが、これをやったやつの――」

「ケイレブのだ」ぼくはとっさに口をはさんだ。ぴかぴかの銀色のボタン。それは、ケイレブの上等な新しいシャツについていたものだ。

「ケイレブ・カブか?」ガンサーさんは怒《いか》りに燃《も》えて、かみつくような調子でいった。「あいつのか?　まちがいないか?」

ぼくはうなずくことしかできない。

母さんがいう。

「ケイレブがこんなひどいことを?　父親のところへ、ガンサーさんが話をしにきたというだけで?　信《しん》じられないわ」

「ほかにどんな理由がある?　ウェイドが、これはあのガキのボタンだといっているんだ」

ぼくは、もう何もいいたくなかった。よけいなことをいえば、取りかえしがつかなくなる。

それがたしかにケイレブのボタンだということを、ぼくは知っていた。でも、それをこの店の中に落としたのがケイレブではないことも、わかっていたのだ。

11. あらし

午後の空は暗く、ぼくは骨《ほね》までずぶぬれになって、ようやくミッチャム農場にたどり着いた。道はぬかるんですべりやすく、水が流れていて足を取られそうだった。

これほどはげしいあらしがこのまえ来たのはいつだったか、思い出せない。いや、こんなにひどいのは、はじめてかも。

ミッチャム農場は沼地《ぬまち》のようになっていた。カーニバルの人たちが、屋台や乗りものなど、あらゆるものを解体《かいたい》して、たたんだり丸めたり、箱にしまったりしている。だれもがレインコートを着て、ぬかるんだ地面を、トランクや大きな袋《ふくろ》や鞄《かばん》を手に、急ぎ足で歩いている。

命知らずの男がふたり、ベルトで宙《ちゅう》づりにされて、ぐらぐらゆれながら、雨に打たれて観覧車《かんらんしゃ》を解体《かいたい》している。

あらしの中、必死《ひっし》で店じまいしている人たちを見ると、このカーニバル全体が、荒《あ》れくるう波にもまれる船団《せんだん》みたいに思えてきた。

ジョーを見つけられなかったらどうしよう、と心配だったけど、あの射的《しゃてき》の屋台にいるんじゃないか、と思いついた。もしジョーが、この人たちといっしょに旅立つつもりなら、きっとあの屋台で働《はたら》きたいと思うはずだ。

やっぱり。ぼくの予想はあたった。だけど、ジョーはぼくを見ると、いやそうな顔をして、いった。

「うちに帰れよ、ウェイド」

ジョーの髪《かみ》はびしょぬれで、ひたいにはりついていた。おとといなぐられた顔はまだあざだらけで、はれあがっている。

ジョーはつづけた。

「おまえ、びしょぬれじゃないか。それに、おれにはやらなきゃいけない仕事があるんだ」

ジョーは、大きなボルトをレンチではずしていた。ベニヤ板を一枚《まい》一枚《まい》はずして、屋台をたたむためだ。

ぼくはいった。

「いっしょに帰ろう。いきなり母さんを置《お》いて出ていくなんて、あんまりだ」

「うちには帰れない。今はだめなんだ」

「ガンサーさんがケイレブのボタンを見つけた。なぜあんなことしたんだよ？」

ジョーはぼくの目を見ずに答えた。

「ケイレブのやつ、いいかげん報《むく》いを受けるべきだ。思い知らせてやらないと」

「だけど、店はどうするの？　ガンサーさんに、あんなひどいことをするなんて。

あんなに怒《おこ》ってるガンサーさん、はじめて見たよ」

ジョーがうつむくと、雨水が顔をつたって流れ落ちた。少しして、ジョーはようやく口をひらいた。

「ああする以外《いがい》、思いつかなかったんだ。だれも傷《きず》つけたくはなかった。ケイレブ以外《いがい》は、だれも。だけど、あいつの金持ちの父親が、ぜんぶ弁償《べんしょう》してくれるだろ?」ジョーは、自分自身を納得《なっとく》させるみたいにうなずいた。「そしたら、ガンサーさんは店をぴかぴかに新しくできる。な?」

ジョーはまた、ボルトをはずしはじめた。

ケイレブのお父さんが弁償《べんしょう》してくれるかどうか、ぼくにはわからなかった。

でも、そんなこと、今はどうでもいい。

「だけど、ジョーはもう、うちに帰らないつもり?」

「いつかは帰るさ。決まってるだろ。父さんを見つけたら、帰る」

はげしい雨と風に、ぼくは今にもころびそうだった。それに、声をはりあげないと、ジョーにとどかない。

「でも、どうやって父さんを見つけるんだよ？　どこにいるかわからないのに」

父さんが、見つけてほしいと思ってるかどうかも、わからない……。

ジョーはいった。

「軍隊《ぐんたい》に入る。もう決めたんだ。兵士《へいし》になる。腕《うで》が片方《かたほう》、弱いから、ばかにされるかもしれないけど、射撃《しゃげき》がうまいとわかってもらえれば、だいじょうぶだろ。まずは、このカーニバルの人たちといっしょに旅をして金をかせいで、大きな街《まち》に着いたら、志願《しがん》して軍隊《ぐんたい》に入る。そして父さんをさがす」

「父さんが見つからなかったら？　もし父さんが死んでたら？」大きな声を出しすぎて、のどがひりひりした。

ジョーがこっちをむいたと思うと、いきなり飛《と》びかかってきた。ぼくは、雨や風でころばないようにがんばっていたのに、泥《どろ》の中につきとばされてしまった。ジョーはレンチをぼくの顔すれすれまでふりおろして、どなる。

「だまれ！　おまえもケイレブと同じくらい、最低だ。二度と、そんなことというな！」

ぼくはジョーの下から転がりでて、泥《どろ》まみれで立ちあがり、ジョーとにらみあった。

雨が地面にたたきつけ、風がふきあれる。

ジョーがいう。

「おれは、この町からぬけだして軍隊《ぐんたい》に入る。母さんにそういってくれ。きっとわかってくれる」

そんなはずないと、ぼくにはわかっていた。ジョーだって、きっとわかっていたはずだ。

「母さんはカーニバルが好《す》きじゃないんだ。ジョーに帰ってきてほしいと思ってるよ」ぼくはそういったけど、ジョーの気持ちを変《か》えられないのはわかっていた。

「もう決めたんだ、ウェイド。自分で決めたんだよ。だれかにいわれて行くんじゃない。それに、だれがなんといっても、やめる気はない」

ジョーがそういったとき、言葉とは反対に、だれかにそうしむけられているんじゃないか、という気がした。そのだれかって、もしかしたら、生きてる人間じゃないのかも……。

体がびくっとふるえ、雷《かみなり》に打たれたみたいにしびれた。

ぼくはいった。

「だめだよ、ジョー、行っちゃだめだ。『最後《さいご》の兵士《へいし》』だろ。あの兵士《へいし》に行けっていわれたんだろ」

「うるさいな」ジョーはぼくを押《お》しのけた。「おまえの作り話や空想につきあってるひまはない。いいからもう帰れ！」

「空想なんかじゃないよ。ゆうべのこと、おぼえてないの？　あの兵士《へいし》、ジョーに話しかけてただろ。おまえがつぎの兵士《へいし》になれとか、いわれたんじゃない？

ぼく、見てたんだ、ジョー。あいつ、自分が『最後《さいご》の兵士《へいし》』のままでいるのがいやなんだ。見せものでいたくないんだ。にせものの人魚とかとならんで――」

「最後《さいご》の兵士《へいし》?」ジョーは大声でいうと、顔をあげて、またぼくを見た。「いったいなんの話だ?」

ぼくは一歩さがって、ジョーの弱いほうの腕《うで》をつかみ、かんたんにひっこめられないようにして、いった。

「いっしょに来て。あいつに、いうとおりになんかしないぞ、っていってやりなよ。あんたみたいに死にたくないんだ、って」

ジョーは腕《うで》をひいていった。

「はなせ、ウェイド。どうかしてるぞ」

「たのむよ、ジョー。一生のお願《ねが》いだよ」どうしてもジョーにあれを見せて、わかってもらわないと。

ジョーは首を横にふって、雨にぬれた顔をぬぐった。でも、しょうがないな、という気になったらしく、こういった。

「なら、さっさとすませろ。ぜったいだぞ。でないと、ランズデールを出ないうちにカーニバルを首になっちまう」

ついてきてくれるんだ、と思ったら、ぼくは心底《しんそこ》ほっとして、あとのことはまるで気にならなかった。

ぼくは先に立って、あき地のはしの〈恐怖《きょうふ》の館《やかた》〉にむかった。そして、あのトレーラーがまだ川岸にあるのを見ると、うれしくなった。

トレーラーのまわりは沼《ぬま》のように水びたしで、タイヤがぬかるみにしずんでいる。まだ移動《いどう》させていないのはそのせいだろう。かなり大きくて馬力《ばりき》のあるトラックでひっぱらないと、ぬかるみから出せないから。トレーラーのむこうがわでは、水かさを増《ま》した川が岸をけずる勢《いきお》いで流れているはずだ。

ジョーは、トレーラーの前まで来ると、いやがってもどろうとした。でも、ぼくはジョーに逃《に》げられないように、腕《うで》をひっぱったまま、ひきずるようにして入り口の短い階段《かいだん》をのぼった。あの、黒い目の赤《あか》ん坊《ぼう》をだいたおばあさんはいなくなっていた。

あたりには、ぼくたちふたり以外《いがい》、だれもいない。

ところが、あとをつけてきたやつがいた。こっそり、雨の中を追ってきていたのだ。

ぼくもジョーも、そいつに気づかなかった。そいつは、拳銃《けんじゅう》をきつくにぎりしめていた。

12. 最後《さいご》の戦《たたか》い

〈恐怖《きょうふ》の館《やかた》〉のトレーラーに入ると、雨の音がいっそう大きくなった。まるで、大きな樽《たる》の中に立っていて、外から大《たい》量《りょう》のどんぐりを投げつけられているみたいだ。

ぬれる心配はないけど、トレーラーの中は、おととい来たときよりも暗かった。もう、つぎつぎと色を変《か》えるぶきみな明かりが、いなか者の客をおどかすことはない。外からの弱い光を受けて、ならんでいるふしぎなもののかげが、壁《かべ》にぼんやりうつっている。それがクモの巣《す》みたいに見える。

「ここでいったい何をしようっていうんだ、ウェイド？」ジョーはそういうと、雨でびしょびしょになった髪《かみ》を手ではらい、水をできるだけはじき飛《と》ばした。それから、糸でぶらさがっている吸血《きゅうけつ》コウモリを見て、ばかにしたように笑《わら》った。

「早くいえよ。でなきゃ、もう――」

「こっちに来て。いちばん最後《さいご》のやつを見てよ」ぼくはいった。

ジョーは、オオカミ男や人魚やドラゴンをゆっくり見ながら、ついてくる。

「こんなの、ぜんぶにせものだって、わかってるだろ？」

「うん、そういうのはね。だけど、これはちがう」ぼくは、いちばんはしのガラスケースの前で立ちどまると、声を出さずにさけんでいる兵士《へいし》を見た。

「なんだ、これ？」ジョーはかがんで、説明文《せつめいぶん》を読んでから、首を横にふった。

「本物のわけないだろ」ガラスにぎりぎりまで顔を近づけて、兵士《へいし》を見る。「これだって、にせものだ」

ぼくはいった。

「いや、本物だよ。この兵士《へいし》が、うちまでぼくをつけてきた。きっと、『最後《さいご》の兵士《へいし》』でいたくないんだ。これからずっと、ああいうにせものといっしょに見せものにされて、口をぽかんとあけてながめられるなんてごめんだ、と思ってるんだ。だから、ぼくのことを兵士《へいし》にしようとして、つけてきたんだよ。自分が最後《さいご》の兵士《へいし》でいなくてすむように」

ジョーはまた首をふった。

「おまえ、つまらないことを思いついたな。それだけはたしかだ」

ぼくは耳をかさず、つづけていった。

「それで、この兵士《へいし》はゆうべ、ジョーが眠《ねむ》ってるときに話しかけてたんだよ。ぼく、見たんだ。まちがいない。この『最後《さいご》の兵士《へいし》』が、ジョーを軍隊《ぐんたい》に入らせようとしてるんだ。ジョーは自分の考えだと思ってるけど、ちがう。こいつの考えなんだよ。こいつがジョーを兵士《へいし》にしようとしてる。そうすれば、自分が『最後《さいご》の兵士《へいし》』でいなくてすむから。父さんは関係《かんけい》ないんだ」

ジョーはもう一度、説明文《せつめいぶん》を読んでから、いった。

「兵士《へいし》になるやつなんて、いくらでもいるだろう、ウェイド。いつだって戦争《せんそう》は起こるからな。

このまえヨーロッパで起こった戦争《せんそう》が、どんなに悲惨《ひさん》だったとしても、戦争《せんそう》がなくなったりはしない。だから、『最後《さいご》の兵士《へいし》』なんて、ありえないんだ。この兵士《へいし》も、オオカミ男や人魚と同じ、にせものさ。こいつは――」

ジョーの言葉は、トレーラーの屋根と横《よこ》っ腹《ばら》をはげしく打つ雨の音にかき消された。

つぎの瞬間《しゅんかん》、トレーラーがぐらぐらゆれた。強風に車輪《しゃりん》もろともゆさぶられ、ぼくたちもジョーも、あやうくひっくりかえりそうになった。ぼくはガラスケースに手をついて、体をささえた。

「こいつが最後《さいご》の兵士《へいし》のままでいいじゃないか。ジョーが軍隊《ぐんたい》に入ることないよ」といったとき、ケースの中の兵士《へいし》がびくっと動いたのが、たしかに見えた。ぼくはあわてて手をどかした。

ジョーは、ぼくの頭がどうかしてしまったと思ってるみたいだ。ぼくはつづけていった。

「もう戦争《せんそう》なんか、なくていいよ」

だけど、本当はわかっていた。母さんがいったように、ジョーみたいな子はいつだって、父親と同じ道を歩もうとする。そして、マーシャル・カブのような男はいつだって意地悪で、土地を人から取りあげてひとりじめする。このぬかるんだあき地も自分のもので、ほかのだれのものでもないから出ていけ、などという。これからも、何も変《か》わらないのだ。

外で、雷《かみなり》が大きく鳴っている。ぼくは胸《むね》がむかむかしていた。なぜなら、心の底《そこ》ではわかっていたからだ。いつだって戦争《せんそう》はある。そしていつだって、死んでいく兵士《へいし》がいるんだと。

ジョーは、「最後《さいご》の兵士《へいし》」に目が釘《くぎ》づけになっていた。兵士《へいし》の胸《むね》にあいた穴《あな》をじっと見ている。やがて、ようやく口をひらいた。

「これと同じことが、父さんにも起こったと思ってるのか？　父さんも撃《う》たれたって？」

「わからないよ。それは、もうずっとわからないかもしれない」ぼくはいった。

ジョーは、兵士《へいし》の顔に目をやって、いった。

「母さんも、それがこわいんじゃないかな？　父さんの身に何があったか、ずっとわからないかもしれないってことが」

「ジョーまでいなくなったら、母さんはもっと悲しむよ。父さんはどうなったのかわからないんだよ。そういうの、ジョーはいやじゃないの？」

「もちろん、いやさ。だからさがしにいきたいんだ」

「だけど、ぼくはジョーをさがしにいきたくなんかないよ」

ジョーは何もいわず、「最後《さいご》の兵士《へいし》」の目をじっとのぞきこんでいる。

ぼくはいった。

「父さんは見つからないかもしれない。もうずっと」

また、強風でトレーラーがぐらぐらゆれた。ふいに声がして、ぼくたちはふるえあがった。

「おまえらの父親は、とっくに死んでると思うぜ」

ケイレブ・カブが、通路をこっちに歩いてくる。拳銃《けんじゅう》を体の正面にかまえ、銃口《じゅうこう》をジョーの胸《むね》にむけている。

「町じゅうの人間がそう思ってるが、みんなわざわざいわないだけだ。けど、おまえらが父親のところへ行きたいなら、おれが喜《よろこ》んで送ってやるぜ」

すぐそばに拳銃《けんじゅう》をむけられるなんて、はじめてだ。背《せ》すじが寒くなり、同時に汗《あせ》がふきだした。ジョーを見ると、両手を上にあげたので、ぼくも同じようにした。

トレーラーの外では、風がうなり、かん高いさけびをあげている。もしかしたら、「最後《さいご》の兵士《へいし》」も、さっき、こわくてびくっとしたのかもしれない。トレーラーがはげしいあらしにまきこまれて、ぼくたちと同じようにこわいのかもしれない。

足の下で、トレーラーの車輪《しゃりん》がずぶずぶとぬかるみにしずみこむのがわかった。ケイレブがいう。

「おまえだよな、おれのシャツのボタンを、あの店に落としたのは。みとめろよ。おれがあの店をめちゃくちゃにしたんだって、みんなに思わせようとしたんだろ。おまえがやったのはわかってるんだ。このまま帰ったら、おれはおやじから、どんな目にあわされると思う?」

ケイレブもこわいんだ。怒《おこ》ってもいるけど、何より父親をこわがっている。ケイレブの目は赤く血走り、拳銃《けんじゅう》の引き金にかけた指は白い。ケイレブが近づいてきた。銃口《じゅうこう》はジョーの心臓《しんぞう》にむけられたままだ。ジョーがいう。

「ケイレブ、やめろ――」

耳をつんざくようなけたたましい悲鳴が、ジョーの言葉をさえぎった。かん高い悲鳴……。

でも、ぼくたち三人はだれもさけんでいない。

トレーラーの床《ゆか》がふるえ、持ちあがり、うねった。全体がぐらりとかたむく。金属《きんぞく》がきしんで、耳ざわりな音をたてる。ぬかるみにはまっていた車輪《しゃりん》がうきあがったのだ。トレーラーは横すべりしたと思うと、ひっくりかえった。巨大《きょだい》な手に押《お》されたみたいに、岸を転がり落ち、川の中へ――。

ぼくは立っていられず、何度も何度も転がった。トレーラーが回転するたび、壁《かべ》に、床《ゆか》に、天井《てんじょう》に頭を強く打ち、転がり、足をぶつけ、悲鳴をあげた。世界がぐるぐるまわった。ガラスが割《わ》れて飛《と》びちる。

目に血が流れこんだ。床《ゆか》にたたきつけられて、足を強く打ち、骨《ほね》の折《お》れる音がして、さすような痛《いた》みを感じた。まわりじゅうにけたたましい音がひびく。

ジョーがさけんでいる。ケイレブがさけんでいる。ぼくもさけぼうとしたけど、息がつまって声が出ない。

トレーラーが川に落ちた瞬間《しゅんかん》、水がはねあがるものすごい音がした。ぼくたち三人はぶつかりあい、転がり、重なりあってたおれた――と思ったけど、いっしょにたおれたのは、ぼろぼろになったオオカミ男と、首のもげた人魚で、ぼくは下じきになってしまい、息ができなくなった。

そのとき、水が流れこんできた。トレーラーがこわれ、川の水が入ってきたのだ。糸のついたコウモリや人魚のかつらが、水にうかんでいる。ずたずたになったカーテンが、こわれた絵の額《がく》にからまっている。ろうでできた手が一本、流れていく。

ぼくは目がまわり、吐《は》きそうになったけど、気を失《うしな》わないように必死《ひっし》でがんばった。折《お》れた足がすごく痛《いた》い。怒《おこ》った犬にかみつかれてるみたいだ。

なんとか息を吸《す》いこみ、ジョーを呼《よ》んだ。もう一度、大きな声で。さらにもう一度、もっと大きな声で。

「ジョー！　ジョー！」

動けない。このままじゃ、おぼれてしまう。

名前を呼《よ》びつづけていると、ようやくジョーのすがたが見えた。ひざまで水につかって、こっちに歩いてくる。ほおに大きな傷《きず》があって、見たこともないほど黒ずんだ血が出ている。ジョーがひっきりなしにぬぐっても、血はどんどん出てくる。

ジョーはぼくの体をかかえてひっぱった。ぼくは足の痛《いた》みにうめいた。ジョーが、うっと声をあげたので、弱いほうのひじが折《お》れてしまうんじゃないかと思ったけど、ジョーはとうとう、ぼくをオオカミ男と人魚の下からひっぱりだした。

ぼくは立ちあがれなかった。そのまま大声でたずねる。

「ケイレブは？」

暗いトレーラーの中で、ぼくたちのまわりを、水がどんどん流れていく。ひんまがった鉄や割《わ》れたガラスがたくさん、水面からつきでている。

ぼくはジョーにむかってさけんだ。

「ケイレブを見つけないと、おぼれ死んじゃうよ」

「いないんだ！」そういったジョーの顔は、傷《きず》だらけであざだらけだ。「どこにいるかわからない。見えないんだ。もう外に出たのかもしれない」

うずまく水が顔に押《お》しよせ、ぼくはむせて、水を吐《は》きだした。

「ケイレブを置《お》いて逃《に》げるわけにいかないよ」

だけど、ジョーはぼくの体をはなさず、トレーラーの出口のほうへひきずっていった。

「最後《さいご》の兵士《へいし》」の前を通る。ガラスケースは割《わ》れてなくなっていたけど、兵士《へいし》はまだいすに腰《こし》かけて、ライフル銃《じゅう》をにぎり、声を出さずにさけんでいた。川のよごれた水があわ立って押《お》しよせ、兵士《へいし》の体を飲みこんで、大きくあいた口にも流れこむ。

ジョーはぼくをトレーラーからひっぱりだし、川岸まで連《つ》れていってくれた。

ジョーもぼくも、寒さと恐怖《きょうふ》でふるえていた。ジョーはよろけたが、たおれなかった。ただ、しゃがみこんで、息をととのえた。

川岸の上から声が聞こえ、ジョーが手をふって助けをもとめると、カーニバルの人が五、六人、すべりおりてきてくれた。

ぼくは、たたきつける雨の中でさけんだ。

「ケイレブがおぼれちゃう。死なせたら……」

ジョーはぼくを見て、それからトレーラーを見た。水がどんどん流れこんでいる。ぼくはあらためて、ジョーのほおの大きなぎざぎざの傷《きず》を見た。

〈恐怖《きょうふ》の館《やかた》〉は、きしみ、かたむき、にごった川の流れにしずんでいく。

ジョーは、ケイレブのことを憎《にく》んでいたけど、ぼくのいうとおりだということもわかっていた。だからうなずくと、また川に入り、トレーラーのほうへもどっていった。

カーニバルの男の人が、ぼくの体をしっかりかかえて、ぬかるんだ川岸の上へひっぱりあげてくれた。

でも、ぼくはひっぱりあげられるまえに見とどけた。ジョーが、しずみかけたトレーラーの中に飛《と》びこんでいくのを。

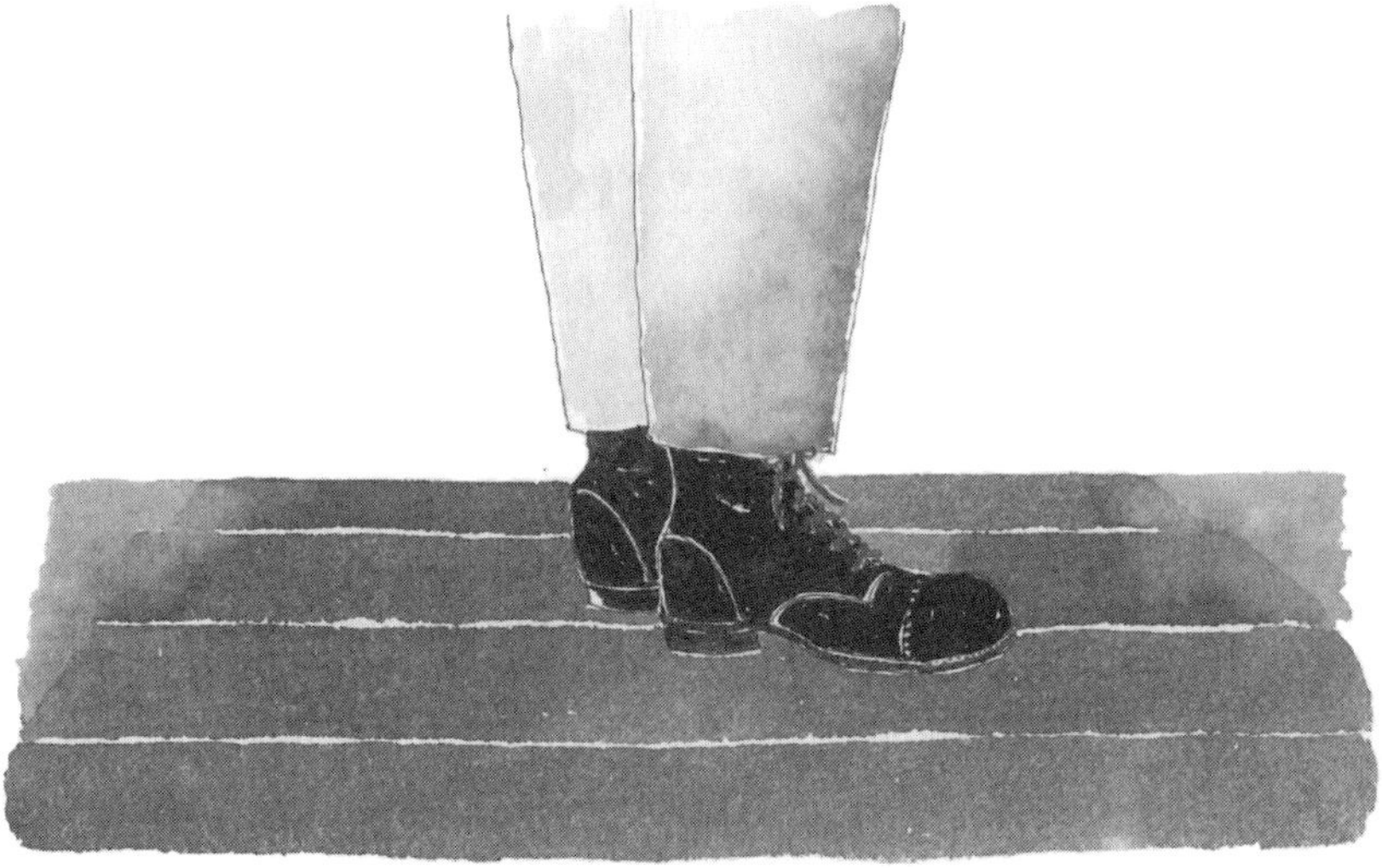

13. 父さんの靴《くつ》

ケイレブ・カブは、人に「ありがとう」というようなやつじゃない。たとえ、相手が命の恩人《おんじん》でも。

あのあと、ケイレブとジョーは二度と口をきかなかった。だけど、けんかも二度としなかった。

ケイレブは、ガンサーさんの店がめちゃくちゃになった責任《せきにん》をひきうけた。ジョーの名前はいっさい出さず、自分がやった、と父親にいって、父親が与《あた》える罰《ばつ》を受けたのだ。そして父親のマーシャル・カブは、ガンサーさんの店の修繕《しゅうぜん》に必要《ひつよう》な、大金をはらった。

あの日、川からあがったあと、カーニバルの人たちが、ぼくとジョーを、ギヴン通りで医院をひらいているバクスター先生のところへ連れていってくれた。ケイレブは、川から家へ運ばれたらしい。おぼれかけ、気を失《うしな》っていて、頭に野球ボールほどのへこみができていたけれど、カーニバルの人たちは、心配するなとぼくたちにいった。

バクスター先生は、ジョーのほおの傷《きず》を縫《ぬ》い、ぼくの折《お》れた足の骨《ほね》を固定《こてい》して、とてもよくきく痛《いた》み止めの薬をくれた。きちんと手当てをしてもらったおかげで、ぼくもジョーもしばらくすると元気になった。完全《かんぜん》にとはいわないまでも、ずっと気分がよくなった。

母さんは、バクスター先生のところでは礼儀正《れいぎただ》しくふるまい、本当にいろいろありがとうございました、といって、おだやかに先生と握手《あくしゅ》をした。

だけど、家に着いたとたん、大声でぼくたちをしかりとばし、外のあらしと同じくらい荒《あ》れた。

あんたたちふたりとも、なんてばかなの、あんなあらしの中を、またカーニバルに行くなんて！　死ぬほど心配したのよ、とぼくたちを責《せ》めたかと思うと、大声で泣《な》きだした。

そのあと、むりやり、ぼくたちをふたりいっしょに熱《あつ》い風呂《ふろ》に入れ、ハチミツ入りの紅茶《こうちゃ》をバケツ一杯分《ぱいぶん》ぐらい飲ませた。ジョーもぼくも、いやだなんていえなかった。

夕方には雨風がすっかりおさまって、ガンサーさんが様子を見にきてくれた。ガンサーさんによると、あのトレーラーは、カーニバルの人たちが川からひきあげたけれど、中にあったものはほとんどなくなってしまったそうだ。ひとつだけのこっていたと聞いているが、どれかはわからない、とガンサーさんはいった。

でも、ぼくにはわかる気がした。そして、もし、それがあたっているなら、「最後《さいご》の兵士《へいし》」がちょっと気《き》の毒《どく》に思えた。

ガンサーさんは話をつづけた。カーニバルの人たちは、あのトレーラーが川に落ちたのはだれのせいでもなく、あらしのせいだといっていた。そして、もう、荷物をまとめて、つぎの町へ旅立っていった。だが、旅立つまえ、しきりにジョーのことを話していた。ここ十年以上《いじょう》なかったほどの、はげしいあらしの中で、ジョーは、おぼれかけていた弟とケイレブを助けだした、と。そして、今では町のみんながジョーのことを、なんて勇敢《ゆうかん》な子だろうとうわさしているよ、とガンサーさんは話をしめくくった。

ジョーは、うれしいのをなるべく顔に出さないようにしていた。

そのあとようやく、ぼくたちはベッドに入った。

ぼくは骨折《こっせつ》したほうの足がこわばって痛《いた》かったけど、体の芯《しん》まで疲《つか》れきっていたので、すぐに眠《ねむ》れそうな気がした。でもジョーは、すっかり目がさえているみたいだった。

「だいじょうぶ?」ぼくは小声できいた。

「疲《つか》れてるのに、頭の中がブンブンいってて眠《ねむ》れない」

「なにがブンブンいってるの？」

「いろんなことを考えちゃってさ」

「たとえば、どんなこと？」

するとジョーはいった。

「おまえは、あれこれ空想するのが得意《とくい》だろ。だから、作家になったらいいんじゃないか。本をたくさん読んでるんだから、今度は書けばいい。その想像力《そうぞうりょく》をうまく使えよ」

「最後《さいご》の兵士《へいし》」のことはぼくの想像じゃない、ということもできた。あれは本物だったと、聖書《せいしょ》にちかっていえると。だけど、もういいあらそう元気ものこっていなかった。

それに、ジョーにいわれたことは、けっこう気に入っていた。ジョーがどうして思いついたのか知らないけど、自分が作家になったところは、なんとなく想像《そうぞう》できた。

ぼくの書いた本を、いつかガンサーさんが、店がひまな日に読んでくれたら、うれしい。もしかしたらガンサーさんは、「この作家を、有名になるまえから知っているんだ」なんて、お客に話すかもしれない……。

「だけど、ジョーはどうするの？　あんなことがあったのに、まだ軍隊《ぐんたい》に入って父さんをさがしにいくつもり？」ぼくはたずねた。

ジョーは長いことだまっていてから、答えた。

「おれは、あまりいい兵士《へいし》にはなれないと思う。生まれてから、けんかに勝ったことがないし」

「ケイレブの命を助けたじゃないか。みんなの命を助けるのも、兵士《へいし》の仕事でしょ？」

「そうかもな」

ジョーはそれきり、だまってしまったので、眠《ねむ》ったんだろうと思った。ぼくもうとうとしかけたとき、ジョーがまた話しだした。

「母さんには、もう心配をかけたくない。毎日心配させるなんて、そんなのあんまりだ。

おれ、ガンサーさんにたのんで、修業《しゅぎょう》をさせてもらおうと思ってる。ここで働《はたら》かせてもらえれば、少しはつぐなえるんじゃないかと思ってさ——店をめちゃくちゃにしちゃったことを」

「もう、父さんと同じ道を行きたいとは思わないの？」

「ここの仕事だって、父さんと同じ道だろ」

ジョーはそういったけど、ぼくはそのとき、ジョーが理髪店《りはってん》の仕事に満足《まんぞく》できるとは思えなかった。

ところが、ぼくの予想ははずれた。それからひと月もたたないうちに、すっかり新しくきれいになったガンサーさんの店で、ジョーははじめて、お客のくしゃくしゃの髪《かみ》を切ったのだ。

ジョーは緊張《きんちょう》しているみたいだった。もしかしたら、母さんとぼくが店の奥《おく》のほうにすわって見ていたせいかもしれない。でも、いちばんどきどきしてるのはお客のカウボーイだろうと、ぼくは思った。ジョーがあぶなっかしい手つきで、耳のすぐそばの髪《かみ》を切っているんだから。だけど、ぼくはだまっていた。

母さんがぼくにささやく。

「ジョーに、あなたは自慢《じまん》の息子よ、って声をかけてもいいと思う？」

「もう少し待ったら？　あのカウボーイが店を出るとき、耳がふたつとものこってるか、たしかめるまで」ぼくはいった。

母さんは、またそんなことを、というように舌《した》を鳴らし、ひじでぼくのわき腹《ばら》をついた。

「でも、やっぱり自慢《じまん》の息子。お父さんがいたら、きっと同じように思うわ」

「ジョーは、この仕事をずっとはつづけないかもしれないよ」

「それは、わからないわよね。でも、あんなすがたが見られて、母さん本当にうれしいわ。あの子自身、自分にあったことをしてるって感じてるみたいだし。それに、お父さんのことをみんなにおぼえていてほしいと思ってるみたい」

ぼくが、どういうこと？　という顔をすると、母さんはだまってジョーの足もとを指さした。

そのとき、はじめて気づいた。ジョーは、十五歳《さい》の誕生日《たんじょうび》に母さんからもらった靴《くつ》をはいて、店に立っていたのだった。

日本の読者のみなさんへ

物語のアイディアが、電光のようにすばやく、くっきりと、頭にうかぶことがあります。バスにゆられたりシャワーをあびたり、ごくふつうにすごしているときに、とつぜん、どこからともなく、物語がまるごとおりてきて、頭の中いっぱいに広がる。そんなとき、作家って最高《さいこう》にわくわくする仕事だ！　と思います。

その一方で、物語のアイディアがばらばらのまま、すごくむずかしいジグソーパズルみたいに思えることもあります。長い時間をかけて、奇妙《きみょう》な形のピースを組みあわせていくうちに、ようやく物語の全体像《ぜんたいぞう》がつかめてくる。そんなとき、作家って根気のいる仕事だなあ、と思います。『父さんが帰らない町で』は、まさにそういう種類《しゅるい》の作品でした。

まず、戦争《せんそう》の悲惨《ひさん》さやおろかさが伝《つた》わるような物語を書きたい、ということは決まっていました。それと、ぼくの大好《だいす》きな、ちょっと昔風だけれど心ひかれるアメリカの移動《いどう》遊園地、カーニバルにまつわる話を書きたい、と思っていました。さらに、背《せ》すじがぞくぞくするような幽霊話《ゆうれいばなし》も書きたかったし、父親と息子の関係《かんけい》や、家族を思う気持ちや、大人になるということについても、書きたかったのです。そんなにたくさん書きたいことがあったというのに、それら全部をどう組みあわせたらいいのか、わかりませんでした。だれかから「どんな物語を書いているの？」ときかれても、うまく説明《せつめい》できなくて、まるで、物語のピースがひとつ、欠《か》けているように感じていました。

ところが、あるときから、この物語を書くのが楽しくなり、あまり悩《なや》まずに書けるようになったのです。それは、この本を読んでくれる人、ひとりひとりが、その「欠《か》けているピース」の部分をうめてくれるにちがいない、と思ったからです。書きたいことはすべて書きこむけれど、これが戦争《せんそう》の物語なのか、幽霊話《ゆうれいばなし》なのか、成長《せいちょう》物語なのか、あるいは父親と同じ道を歩もうとする息子の話なのかは、読者に決めてもらえばいい、と思うようになりました。そう気づいたとき、このジグソーパズルのような物語は完成《かんせい》したのです。

みなさんが『父さんが帰らない町で』を読んで、おもしろいと感じてくれますように。それと、この物語を読むことで、作家のぼくをささえてくれて、ありがとうございます！　どんな本も、だれかに読んでもらってはじめて完成《かんせい》するのだということを、これからもずっと忘《わす》れずにいたいと思います。

キース・グレイ

訳者あとがき

『父さんが帰らない町で』（原題は、「最後《さいご》の兵士《へいし》」という意味の〝The Last Soldier〟）の舞台《ぶたい》は、一九二二年のアメリカ南部、テキサス州の小さな町です。作者のキース・グレイはイギリス人で、『ジェイミーが消えた庭』『ロス、きみを送る旅』など、これまでの作品の多くは、現代《げんだい》のイギリスを舞台《ぶたい》にしていました。なのに、今回はなぜ、百年近くも昔のアメリカを選《えら》んだのでしょう？　その答えのヒントは、作者自身の「好《す》きな本」にあるようです。

グレイは十代のころから、アメリカのSF《エスエフ》作家レイ・ブラッドベリの『何かが道をやってくる』という小説《しょうせつ》が好《す》きで、その作品に出てくるカーニバル（アメリカの移動《いどう》遊園地）の、なぞめいた雰囲気《ふんいき》に魅《み》せられていたそうです。カーニバルは町から町へ、トラックをつらねて移動《いどう》し、たった半日か一日で乗りものや見せもの小屋や屋台を組み立て、何日間か地元の人びとを楽しませたあと、また旅立っていきます。テレビはおろか、ラジオさえもすべての家庭にはなく、映画《えいが》を見る機会《きかい》も少なかった時代に、カーニバルは大切な娯楽《ごらく》だったのでしょう。

グレイはまた、ジョー・ランズデールというアメリカ人作家の作品を愛読《あいどく》しているそうです。ランズデールはテキサス州を舞台《ぶたい》にした大人むけのミステリーをたくさん書いていて、日本でも『ボトムズ』など、多くの作品が紹介《しょうかい》されています。もうお気づきかもしれませんが、本書の舞台《ぶたい》はテキサス州ランズデール(この名前の町は実在《じつざい》しません)。そして、ジョーという名前の人物も登場しますね。

本書は、ランズデールの町にカーニバルが来て去っていくまでの三日間のできごとを、ウェイドという十二歳《さい》の少年の目を通してえがいています。カーニバルが来るまえも、来てからも、ウェイドと兄さんと母さんの心の底《そこ》には、「父さんが戦争《せんそう》に行ったきり、帰らない」という事実が重く沈《しず》んでいます。そのせいで、母さんは父親の役目もはたしながら苦しい家計をささえ、兄さんは同級生となぐりあいのけんかをし、ウェイド自身もさびしさを感じながら、母さんや兄さんを思いやって心を痛《いた》めています。カーニバルが去ったあとも、「父さんが帰らない」という事実は変《か》わりません。でも、ウェイドたち三人がそれをどう受けとめ、どう生きていくかというところに、変化《へんか》が起こります。また、ケイレブやサニー、ガンサーさんなど、ほかの人にもそれぞれ事情《じじょう》があるようです。そんな登場人物たちの思いを想像《そうぞう》しながら読むと、物語をより深く味わえる気がします。

最後《さいご》になりましたが、質問《しつもん》にていねいに答えてくださった作者のキース・グレイさん、すてきな挿絵《さしえ》と表紙画をかいてくださった金子恵《かねこめぐみ》さん、訳文《やくぶん》をしっかりチェックしてくださった編集《へんしゅう》の田代翠《たしろみどり》さんに、心から感謝《かんしゃ》いたします。

二〇二〇年三月

野沢佳織《のざわかおり》

【訳者】
野沢佳織（のざわ かおり）
1961年生まれ。上智大学英文学科卒。翻訳家。訳書に『ソンジュの見た星』『ただ、見つめていた』『禁じられた約束』『ジェイミーが消えた庭』『ロジーナのあした』（以上、徳間書店）、『秘密の花園』『子どものための美術史』（以上、西村書店）、『隠れ家』『まいごのねこ』（以上、岩崎書店）、『凍てつく海のむこうに』（岩波書店）などがある。

【画家】
金子恵（かねこ めぐみ）
書籍の挿し絵、装画を多く手がける。『引き出しの中の家』（ポプラ社）、『たまごを持つように』『鉄のしぶきがはねる』『鷹のように帆をあげて』（以上、講談社）、『バレエシューズ』（福音館書店）、『ごきげんな裏階段』（新潮社）、『神去なあなあ日常』『神去なあなあ夜話』（以上、徳間書店）など多数。

【父さんが帰らない町で】
THE LAST SOLDIER
キース・グレイ　作
野沢佳織 訳　Translation © 2020 Kaori Nozawa
金子恵 絵　Illustration © 2020 Megumi Kaneko
136p, 19cm, NDC933

父さんが帰らない町で
2020年4月30日　初版発行

訳者：野沢佳織
画家：金子恵
装丁：鳥井和昌
フォーマット：前田浩志・横濱順美

発行人：小宮英行
発行所：株式会社 徳間書店

〒141-8202　東京都品川区上大崎3-1-1　目黒セントラルスクエア
Tel.(03)5403-4347(児童書編集)　(049)293-5521(販売)　振替00140-0-44392番
印刷：日経印刷株式会社
製本：大日本印刷株式会社
Published by TOKUMA SHOTEN PUBLISHING CO., LTD., Tokyo, Japan.　Printed in Japan.

徳間書店の子どもの本のホームページ　https://www.tokuma.jp/kodomonohon/

ISBN978-4-19-865080-3